U0603984

# 世上的果子
# 世上的人

秀英奶奶

吕永林 / 绘 著

广西师范大学出版社
· 桂林 ·

小阅读 · 野

# 序 | 正道沧桑

## 刘震云

　　这是秦秀英奶奶的第二本书。第一本书叫《胡麻的天空》，写的是她平生所见的植物和动物；我曾给写过序，叫"倾听静默之声"。这本书，是写"世上的果子，世上的人"，画的是内蒙古原野上不知名的果子，写的大多是世上像草芥子一样被忽略的人，这些人，都是秦秀英奶奶的亲人和身边的人，有时候他们也入画。

　　这些人命运各有不同，但又大体相同。

　　书中较多的篇幅，是写秦秀英奶奶童年或年轻时候的事，那时中国农村还是大集体的组织形式。在这种体制下，一个村

庄里，会有强者和弱者。强者是少数人，弱者是大多数，就是
每天被指派到田里劳作的村里的农民。这些强者，可以为所欲
为，在村里欺男霸女，给别人派活，自己可以不劳动；弱者，
天天去田间或河堤上从事强体力劳动；强者看着不顺眼或者不
听话的人，就会遭受惩罚，去干最重最脏的活计。派活和惩罚，
都在正确的口号和名义下，但不是每个人都能得到公平和正义。

　　问题是，这条路走不通，大家出工不出力，或出力不出心，
一年到头白辛苦；人人吃不饱，身上还有寄生虫。这就叫禁锢。
到了"大包干"，大家身体、精神才得到解放，生产得到发展，
各家各户生活才好一些。

　　在这种禁锢下，乡村孩子的一生，皆是生于斯长于斯终老
于斯，重复父辈的命运；恢复了高考，才给这些孩子以另一条
光明的小道。这条小道是人人期盼的，都想通过它离开自己的
家乡。说热爱自己家乡的人，都是没有在乡村吃过苦的人。

　　粗粝的生活，磨挫着每一个人。秦秀英奶奶亲人们的婚姻，
也多不如意。这些人努力生活，生活却在不断制造失意和苦恼，
有的亲人还得了忧郁症和精神病。

　　当然，穷苦的人也偶有生活的乐趣，世上除了有骗子和垃
圾邻居，也有友情和温暖，如秦秀英和知青孙宏军、王惠玲之

间几十年的友谊。

秦秀英奶奶在书中还写了一些乡村的能人，如乡村兽医邬生生等。这些人头脑聪慧，努力上进，如有更好的发展机会和自由空间，他们可能会成为中国各个行业的俊秀，因为生活的禁锢，使他们悄悄埋没和消失在民间的生活里。唉，对于一个民族，这是多大的浪费呀。

生活如此粗糙和残酷，民生如此多艰，为何民族还能延续至今？秦秀英奶奶在这本书中，还说明这样一个道理：一是因为这些人对生活害怕，二是因为他们身边有亲人。因为害怕，只能勇敢；因为亲人，只能坚强。秦秀英奶奶识字不多，但在这方面见识不低。仅仅因为害怕和亲人，我们才百折不挠地生活，这是我们唯一的依靠，也是人间真正的正道和沧桑。除此之外，岂有他哉？

2022 年 3 月

# 自序

秦秀英

　　我第一本书出版后，永林和东莉高兴得让我接住写第二本书。我说该写甚（什么）了？他们说，就写你熟悉的。思谋来思谋去，我决定从自己的角度，写写这世上的人。别处的人不了解，没法写，我就写近处的，还有身边的。

　　地上的植物长得各式各样，它们的果子也各式各样。我写的人，也各式各样。

　　七八岁时，母亲就让我撕烂棉花，搓麻绳。棉花撕好用来缝棉衣，麻绳搓好用来纳鞋底。十岁左右，家里就不让我出去玩了，每天做营生。母亲一说起，就是女娃娃要勤快，不要光顾要，得学会做针线、做饭，要不大了到婆家甚也不会做，人家骂你妈咋调教你来着，连衣裳也不会做，饭也做不好！活一个人不容易，要活得有骨气，有志气，不能让人瞧不起。

除了学做针线、做饭，春天我要掏苦菜喂猪，夏天捡田，秋天割草、割柴火。早以前蛇多，走路上就能碰上。十一岁那年秋天，有一天我寻到些好草，正用镰刀割呀，忽然听见唰的一声，一看是条蛇，朝我立了起来，差点扑在我脸上，吓得我拔腿就跑，跑到一个渠陂上坐下，心还怦怦跳了。一下午，我再也不敢去割草，太阳落呀才回了家。

晚上睡下思谋，明天再不割草，还得挨骂，可咋办？左想右想，也没个办法，最后心说，要是去念书，就不用割草了，但又不敢跟我妈开口，怕不让念。第二天上午，我打定主意，下午等我妈劳动走了，我就偷偷去学校报名，回来再告诉家里。下午我妈劳动一走，我就出门。当时我们大队刚成立小学，只有一年级，二年级以上得去永丰大队念。永丰那个学校1949年之前叫赵梅亭小学，1949年之后改叫永丰小学。我的岁数不小了，就想直接去永丰报二年级。

可我只知道要去永丰念，不知道念书还得考。去的时候，学校已经开学一个多月，当时正赶上下课，一群学生围过来看我。

有一个老师把我叫到办公室考我。我从来没写过字，连笔也不会拿，老师说，连字也不会写，哪能念成书，快回去哇！

我低着头，边走边哭，不敢看人。走出十几米远，听见有人喊："那个娃娃你回来，你回来。"我拧回头一看，有个老师在冲我招手。返回来，他问我："你姓甚？"我说姓秦。他又问："你跟秦秀珍是甚关系？"我说她是我姐姐。老师把我领进办公室，问我几道算术题，让我口答就行，不用写，结果我都答对了。老师又把拼音字母写在黑板上，让我念，我又都念下来了。老师高兴地说："我说嘛，秦秀珍学习那么好，她妹妹能差了！我们收下你，明天来上课吧。"

这位老师叫李广业，在我脑子里印象很深，要不是他，我肯定一天书也念不上。我也沾了我姐的光，幸亏她学习好。我的拼音也是她教的，她在家背拼音时，我觉得好听，就跟上念，她写我就坐在跟前看。我的算术是父亲教的，为让我买东西时，能知道卖货的算对没有。

李广业老师教书，不打学生，也不骂学生。他说话干脆、利落、洪亮，学生们都很尊敬他，也挺怕他。有几个学生顽得厉害，其他老师根本管不住，可一见李老师来了，都乖乖站着，不敢动。我们班的同学，有十五六岁的，有十二三岁的，有九岁、十岁的，那些不爱学习的，纯粹混了，李老师就经常来我们班看看，教育大家。学校开全体会，也是他讲话，要按现在的称呼，他应该就是校长，可我从来也没听说过校长两个字，那时候，除了学生要叫老师，其他人都让互相叫同志。

能念书了，我很高兴，家里也同意了，可铅笔、本子、书包都没有。学校跟前有个供销社，我用六分钱买了两支铅笔，五分钱买了块橡皮，再花五分钱买了一张广连纸——就是后来人们说的白报纸，裁成好多张本子大小的纸，叠成一沓，当本子用。还想买个削铅笔的小刀，没钱了，回家寻着个没用的旧剃头刀，拿上削铅笔。又寻了我姐替下来的旧书包，书包上有好几块补丁。

第二天领上书，晚上学到深夜一两点才睡。白天放学回来，要先做营生，担水，捡柴火，做完营生才能学习。家里劳力少，我姐比我大五岁，正在公社念五年级，学校离家十五里地，得住校。三妹比我小四岁，干不动重活。父亲走民工，去挖二黄河，常年不在家。四爹虽然有精神病，队里要让走民工，也得去。母亲得给生产队劳动，不劳动不行，当时是 1958、1959 年，正"大跃进"时期，统一吃大锅饭，有一天家里有点事，母亲没跟队长请假，到中午，食堂大师傅就不给她打饭。

　　但是辛苦不白费，期中考试我语文、数学都考了八十多分。过元旦时，我加入少先队，期末考试考得更好。二年级下学期，我语文、数学都考了九十多分。三年级上半年，班里有几个学习差的，老师让学习好的带，我也带了一个。

　　家里条件不好，我舍不得买学习用品，就把本子正面写了，再在背面写。上三年级，学校让用钢笔写作业，我六毛钱买了一支最小最小的钢笔，拿它在铅笔写过的本子上写字，更好的钢笔我买不起。就说这六毛钱的钢笔，能买起也不容易，里面还有曲折了。

　　1958年我放寒假的时候，二舅从杭锦旗来信，说外婆病重，让母亲回去。母亲正怀孕，去不成，父亲就领上我去。串亲戚时，二妗的父亲见到我们，特别高兴，给我们吃饺子。那年正吃大锅饭，饺子是稀罕物，过大年也不一定吃得上。老人自己不舍得吃，就等远方的亲戚来。我跟着表弟、表妹他们，也一起称呼老人叫姥爷。他当时七十来岁，身体不好，不能下地劳动，没个来钱处，总共就二妗一个孩子。老人心可善了，拿出些崭崭新的五分钱钢镚给我，我不要，他硬塞在我手里说，实在没甚礼物，这五毛钱你拿着，是我的一点心意哇。回来后，这些新镚镚我舍不得花，过段时间就拿出来看看，想一直当个纪念！

结果到三年级，为买钢笔写字，还是把这五毛钱花了。

到1960年，家里没吃的，天天喝菜糊糊，上学没有干粮拿。我又在永丰小学念书，离家远，中午不能回来，成天饿的了。又赶上国家早就号召城里的知识青年往农村走，人们说，城里人还往农村下放，农村人念哇不是白念！就是不念书，还能种上麦子长出豆子了？这样一来，可多同学不念了，我也不念了。连头带尾，我总共上了一年半学。

后来才后悔，没文化就是个睁眼瞎子。

我前半辈子命运特别不好，干甚甚不顺，动不动就遇上坏事情，躲也躲不开。当初学校老师几次捎来话，让我去念书，母亲不想让我念，就没跟我说。后来，她也后悔了，对我说，没让你念书，把一辈子都毁了。我说，也许这就是命。

咋也没想到，六十几岁我又重新开始识字、学文化。2015年，我出了第一本书《胡麻的天空》。如今，我又在写书了。

# 目　录

人活一世，草木一秋。

地上的植物长得各式各样，它们的果子也各式各样。
我写的人，也各式各样。

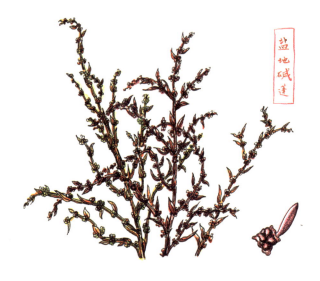

# 盐地碱蓬

*Suaeda salsa* (L.) Pall.

　　夏秋时节，内蒙古河套平原的荒滩上，泛着盐花的白色大地被盐地碱蓬染成火红。这种被河套人称作"碱丛把子"的藜科植物，一丛丛，一蓬蓬，在重度盐碱化的土地上，也能生生不息。盐地碱蓬的植株虽矮，连缀起来，却可化作旷野上的处处云霞。它们的种子被包在肉质胞果里，很难去往远方。盐地碱蓬便倾尽浑身之力，呵护后代在这艰难之地繁衍生息。它们，很像是这世间庶民秦子元、杜花妍们的生命写照。

# 我的父亲

—

我父亲

　　我的父亲名叫秦子元，1913 年生，属牛。父亲八岁时，跟着父母走西口，从山西河曲焦尾城来到内蒙古五原县。

　　父亲是个粉匠，年轻时学了一手做粉条的好手艺，在五原县城住的时候，他在"王兴粉房"当漏粉师傅。听我母亲说，那个时候，人们都爱买"王兴粉房"的粉条，和酸菜烩在一起，又融和，又筋道，不像别人家的粉条要么烩不软，要么一烩就断成碎截截。在城里的时候，我母亲和奶奶发豆芽卖，空闲的时候还给人家做做衣裳。本来家里日子过得还可以，可就在解放的前一年，父亲被国民党抓壮丁抓走了。

跟父亲一起抓走的还有我的一个表姐夫，他两个不愿意中国人打中国人，就瞅着机会逃跑了。跑的时候，得冒上生命危险，因为让逮住的话，是要砍脑袋的。砍脑袋还不是直接砍，听说是把哈莫儿[①]砸碎，再把逃兵的衣裳脱光，抬起来往哈莫儿里冒（丢），冒进去，拉出来，再冒进去，再拉出来。直到把逃兵身上扎得全烂了，浑身是刺，才冒在那里让他慢慢死。他俩跑了以后，国民党部队到处逮，他俩就跑到二喜民圪蛋的芨芨林里躲起来。我母亲和我奶奶知道后，就全家人都来了二喜民圪蛋。

二喜民圪蛋的名字，是因为当地有个叫二喜民的大地主，他给我们腾了个小房子住。有一天，父亲和表姐夫偷着回家吃点饭，突然听见马蹄声，母亲一看是乡里的保长来了，就赶紧把表姐夫藏在红柳篓子里，让父亲躲在盖体（被子）底下，再拿布子盖住。保长一进门，上了炕头就躺，身子靠在盖体上。父亲在底下动也不敢动，保长躺了很长时间，直到后来，有一个跟保长相好的来我家，说她男人叫保长到他家去，保长这才走了。我母亲上炕就往开掀盖体，那时父亲已经换不过气来了，

① 白刺，一种灌木，尖端刺状。

过了好长时间才慢慢缓过来。

　　1949年之后，我父亲在二喜民家的地皮上起了两间土房房。父亲是个勤快人，甚营生都会做了，耕种、收割、碾扬都是一把好手。1963年，生产队里搞副业，开了个粉房，队干部知道父亲以前是个粉匠，就让父亲去粉房里漏粉。有一天，我跑去看，才知道漏粉咋回事。做粉条前，要先按比例，用开水把淀粉调成稠糊糊，再加上干淀粉，和成软粉团。软粉团从漏瓢的眼眼中一条一条漏进锅里，遇上锅里的滚水，就煮成了粉条。煮好的粉条得晾干，才能卖了。漏粉是个辛苦营生，锅里的水不停地烧着，父亲一手端着漏瓢，一手握成拳在瓢沿上不住地往下搕，搕得均匀，漏出的粉才一般粗细。我跑去粉房看的时候，已是十二月，天很冷，父亲站在大锅前面，只穿着一条薄单裤，一件二股筋背心，脸上的汗像水一样往下流。我站在门口往里瞭，锅里腾起的蒸汽白雾雾的。父亲当年五十多岁，身板直直的，两条胳臂不住地在锅边上转着圈漏粉，人站在蒸汽里，看上去就像练功一样。我怕打搅他，没说话，父亲倒看见我了，抬头笑笑，又接着往锅里漏粉。

　　父亲的粉条漏得好，谁都知道了。挨着我们，有个叫广和全的公社，一天，他们漏粉的大师傅扣了锅，漏不下粉来了，

锅里的热气

父亲怕抓壮丁,二十几岁就留胡子了.

和面用的
浅盆像盦一
样,没盆高.

粉瓢
是用瓢
葫芦做的

灶台

搅火
的棍子

柴火

澄粉面用的大瓮

水桶

晾粉条架子

我从门上
往里走

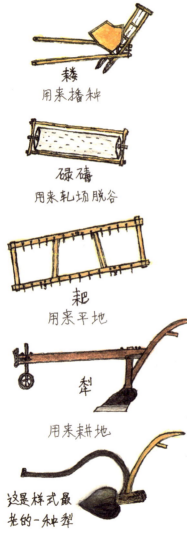

耧
用来播种

碌碡
用来轧场脱谷

耙
用来平地

犁
用来耕地

这是样式最
老的一种犁

就叫人来找我父亲。父亲过去给指点，帮着漏出粉来，回的时候，人家拿些粉条给父亲表示感谢，父亲不要，他们硬要拿了，父亲推辞不掉最后才拿了一点儿。回到家里，父亲很高兴，说是有人夸他手艺好。可惜，队里的粉房后来因为进不到原料，停产了，父亲就再也没有当过粉匠。

要说勤快，队里没人能赶得上父亲。他是个坐不住的人，队里没有谁家在院子周围栽树，他却把柳枝砍回来，这里栽、那里栽，就是盐碱地里也跑去栽。后来，渠畔上的柳树活了很多，现在，老柳树长得都快有一抱粗了。父亲也从来不好问人借东西，没成立公社以前，

牛车是家里顶重要的生产工具。牛车上放围
子,用来拉土拉粪。

围子

用来围东西。刚孵出来的
小鸡圈在围子里,不让乱跑。

牛鞅　　牛鞍

二柄牛车

车后面常挂一个油壶,车轴得经常用油润。
这些都是我们家的生产工具,父亲辛辛苦苦挣来
的,大集体时全被队里收走了,再也没还给我们。

家里所有的农具都置办得全全的，犁、耧、耙、碌碡、牛车甚也有。1957 年，成立公社，家里的土地、农具、牲口都归了队里。之前，我家夏天种的瓜菜吃不了常送人，建了社，土地没了，瓜也种不成了。父亲看见离家不远有一块地，虽然他知道开了地种了瓜，也不会让自己管理，但他说，地荒着也是荒着，种上瓜，众人吃，咱也吃。他就在地里开出田垄，让我和姐姐把瓜种上。没多久，瓜苗上来了，长得可好了；瓜蛋结出来了，长得可大了，我隔几天就去看看。结果，没等瓜熟，就让人给祸害了。我摘了两颗生的回来和妹妹们吃。父亲是连生的也没吃上，队里就让他去挖二黄河了。

1962 年，上头下来文件，一人给八分自留地，谁想开地就去开，不受限制。父亲又来了干劲，天不亮就把我吼起来，和他去开地。等天亮了，人们出工，我们也误不了给队里干活。到了秋天，家里的粮食够吃了；冬天，请人杀了一口大猪，又宰了羊和鸡，天天都有猪肉烩菜和大米饭。

父亲比母亲大八岁，母亲是童养媳，十二岁送到父亲家里，十五岁时梳的头。父亲对母亲很好，从没和母亲嚷过架，也不向我们发脾气。

以前在五原县城住的时候，父亲漏完粉，爱去中山堂里听人说书、唱戏，听完回来，一有时间，就把故事讲给我们听。到现在，我还记得好多他讲的秦始皇、杨家将、武则天和其他历史人物的故事。全家搬到二喜民圪蛋后，离二喜民圪蛋十五里远有个小镇叫邬家地，那里有个老戏台，是民国前盖的。1957 年成立人民公社，邬家地改名叫复兴公社。有几年，每到夏天，公社会举办交流活动，还请戏班子唱戏。唱戏前，人们用布把台子围起来，等唱完了再拆掉。戏台下面没有凳子和椅子，就放些粗木棍，看戏的时候，来得早的坐在木棍上面，来得晚的就站在后面看。

　　听说要唱戏，父亲可高兴了，还带上我去看。去之前，我把衣服洗得干干净净的，母亲给烙了饼子让我们带在路上吃。早上起来吃过饭，我和父亲相跟着就出门了。父亲背着烙饼和水走在前面，穿的是黑裤子、白布衫子，我跟在后面，穿的是一身蓝布衣服。走大道到公社要十五里路，我们怕去得晚了没有好位置，就走小路。小路是人们从庄稼地踩出来的一条土路，路很窄，只走得开一个人，两边都是庄稼。麦子快熟了，地里黄澄澄的；糜子还没抽穗，苗苗绿绿的。父亲平时话不多，那天走在路上，一会儿和我说哪块地里的庄稼长得好了，一会儿又回过头来，问我走得动走不动。我很少见他这么高兴，说过

我们从麦地
里走过

这么多的话。

　　因为到得早，我们坐到了戏台前的木棍上。唱戏的时候，太阳可烈了，刺得人睁不开眼睛。台上唱的是山西梆子，也叫晋剧，我透过前面的人缝，往台上看。看不太清楚，也听不懂唱的甚，困得直打瞌睡。父亲坐在我旁边，昂着脖子，看得可认真了。旁边挤的都是人，我也不敢问父亲唱的是甚内容，怕影响其他人。看完戏回家，父亲走在前面讲，我跟在后面听，才知道唱的是个可苦的故事，名字叫《斩窦娥》。父亲说，他一看演员穿戴、画的妆，就知道他们是甚角色，要唱甚内容。后来，进了"文化大革命"，戏台就成了批斗人的台子，再不唱戏了。

　　父亲知道我们姐妹爱花，自己

门前开的地，他给我和姐姐留下一小块，让我们种海娜花包指甲。我和姐姐在地里种海娜、牵牛和金盏花。海娜开花了，白的、粉的、红的都有，我和姐姐把海娜苗拔起来，拿剪子剪碎再捣烂，母亲给和上白矾，晚上睡觉前，母亲用葵花叶子裹上糊糊，给我们包在指甲上，再用布裹住。到了早上，母亲把布条拆开，指甲就变成红红的了。父亲见了，夸我们说真好看了。地里的海娜种得多，邻居家的闺女媳妇就都来问我们要海娜染指甲。

父亲人善，不杀生，一辈子连个鸡也没杀过。过年过节，都要上香摆供，正月初一不吃荤。"四清"运动时，工作组让他给队干部提意见，他只"哎"的应一声，笑笑就完了。

"文化大革命"刚开始，队里开生产会，父亲问队长，能不能给他四弟弟涨点工分。父亲话音刚落，政治队长就不高兴了，他说："你这是工分论！是资产阶级思想！"然后，会也不开了，让人给父亲写大字报。那时，家里没一个识字的，母亲说，也不知道上面写了些甚。

八月十五,父亲在当院里摆上供品,上香,祭神神.保佑家里人平安,人财兴旺.

中秋节,还愿,父亲除了摆供品、上香,还用羊
"祭祀"。往羊身上浇水,浇得羊浑身抖了,就算
神神把羊领去了。

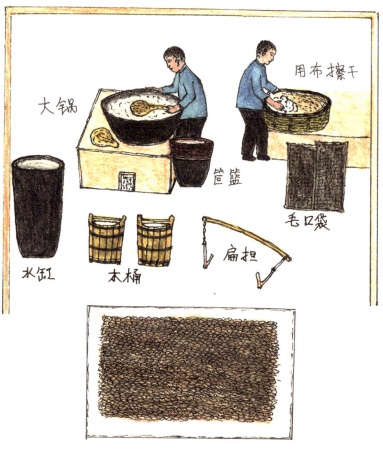

大锅
用布擦干
笸篮
毛口袋
水缸
木桶
扁担

晒麦子

　　父亲先把麦子放进大锅用水淘干净,
然后捞在笸篮里控水,再用布子把麦子
擦干,装进毛口袋里,背到房顶上去晒。
晒的时候,麦子下面要铺一块布单子。

父亲说，黑字白格，写了满满两大张，肯定不是好话。

父亲的四弟，我的四叔，没有人记得他的大名，尊重他一点儿的，叫他四老汉，不尊重的，叫他四糖（傻子）。解放战争刚开始，四叔被国民党抓了壮丁，战场上，大炮震得他神志不清，从此精神上落下了毛病。

1957年，家家户户都入了社，成立了生产队。"文革"时，队里搞积肥运动，队长安排四叔积肥，把牛马圈里的粪掏出来，培上土沤肥。四叔虽然精神上有毛病，但干活实在，人家休息他不省得休息，收工的时候，他得要人喊，才知道收工。每年他积的肥，比房子还要高，但每天才得六工分。其他男人，冬天每天十工分，夏天十二工分；女人们冬天八工分，夏天十工分。口粮也跟工分多少有关系了，四叔和我们一起生活，粮食分得少，全家人吃不饱，经常拿菜糊糊当饭吃。

父亲遇上事情，往往是苦在心里不说出来，硬让自己吃亏，也不跟人争吵。实际上，队长要是遇到厉害点的，也害怕了，写大字报，常挑父亲这样的老实人。

被写了大字报，父亲嘴上不说甚，但心里一直不痛快。刘少奇被免职后，自留地一人只给留下三分，剩下的全由队里收走。辛辛苦苦开的地，又是说没就没了，这些对父亲的打击很大，

世 上 的 果 子

我们常听见他唉声叹气。

父亲爱听新闻和曲艺，到七几年，三妹给他买了一台收音机，父亲有时在后半夜偷偷听苏联广播。偷听苏联广播的，还有队里的金石匠。父亲听了，从不敢到外面说，怕惹麻烦；金石匠却见人就说，苏联广播里又说甚甚的了。

父亲爱干净，碾下的麦子，嫌有牲口屙尿，又粘上了土，就买了一口最大的锅。每次磨面的时候，他先把麦子放在锅里用水淘，再晒干磨成面粉。锅大，盛的水多，淘得就干净。可惜的是，那口大锅，1958 年队里吃大锅饭，队上把锅要走了。父亲不和人争，人家要，他就给了。等到不吃大锅饭了，队里也没把锅还给我家，他们又拿去做豆腐卖了。1975 年，队里改良土壤，开展肥料大会战，这口锅又被拿来熬大粪，做有机肥。再后来，这锅也不知被谁贪污走了。

1976 年秋天，父亲得了半身不遂，刚开始，去医院看了，慢慢地，能挂上棍子走了。可当时家里穷，没钱继续抓药，五年后，父亲的病又犯了，躺下动也不能动，话也不会说，熬了半年多就去世了。死那年，父亲六十八岁。

父亲栽的树,几十年
了,现在长得又粗又高。

# 我的母亲

我母亲

　　我母亲名叫杜花妍，搬到二喜民圪蛋后，人们不知道她的名字，登记户口，她本人不在跟前，也不知道是谁，给安了个杜克琪的名，记在上头。

　　母亲十二岁当童养媳，十五岁梳起头（结婚）。我奶奶有个女儿，十九岁嫁给人家，生了一个女儿，廿一岁就死了。奶奶再没女儿了，对母亲挺好。母亲也心灵手巧，跟奶奶学会了做衣服、绣花。在五原，婆媳俩给人家做绸缎衣服，那时候没有缝纫机，就手工一针一针地缝。还生豆芽卖，她们生的豆芽好，自己不用出去卖，都是菜贩子来接。

　　母亲一辈子爱干净，又勤快，干甚也要干出个样儿来。她不爱串门子，不爱说闲话，过日子仔细，老想把日子过得比人家好。可是五原总打仗，还进来过日本人。正说日本人走了，安静了，结果又起内战，父亲被抓壮丁抓走了。母亲和奶奶一家人搬到二喜民圪蛋，刚去了没吃没喝，母亲挖上苦菜回来沤酸，跟二喜民圪蛋伙房的长工换米饭，再和苦菜熬成糊糊喝。人家拉庄稼她捡田。秋天腌菜没钱买，她坐月子刚满月，就去捡人家卖菜撒了的烂菜叶子回来腌，着了冷，落下个手麻胳膊麻。

女式服装

男式服装

在五原的时候，母亲一直给有钱人家缝绸缎衣服，绣花鞋帮，母亲的针线活特别好。

尖口鞋帮

圆口鞋帮

马褂

　　五几年的时候,村子里有不大的一盘磨,
一头驴就能拉动,母亲每次磨面早早去,一天才磨百十来斤麦子。

日子不好过，生下三妹抚养不活，就把三妹给了人。又给人家奶了个孩子，人家给了两只大羊、两只羊羔羔，大羊不舍得杀了吃，喂起来，滋生下大小二十来只羊。卖了羊毛，买了母牛、耕牛、毛驴，跟逃回来的父亲开地。

入合作社时，家里有二十来只羊、三头耕牛、四五头母牛，还有大小四头驴，全套农具，连上土改分的，地有几十亩，队里划成分，给划了个上中农。

那时候人们常说的一句话：膀子一支楞，我是贫下农——光荣。房无一间，地无一垄，才是真正的无产阶级。

父亲和母亲怕成分高，儿女们受影响，跟来队里搞工作的工作组说，能不能把成分往低了划一划。后来形势缓和，劳改犯表现好了也给减刑，又给改成中农。

自入社，父亲给队里干活一天也不误，就怕误了工分，推碾、磨面都是母亲做。大集体不分红，母亲每年喂两口猪，喂猪没有粮食，光菜叶子猪又不肯吃，母亲把甜菜叶子煮熟喂，每天煮一大锅，还得切碎煮。白天没时间，晚上得煮到大半夜才能休息，一天到晚很辛苦。家里口粮一部分以工代，四叔的工分挣得少，两个妹妹也没男的挣得多，年年口粮给得少，分的粮食人还不够吃，哪能掺来喂猪了。粮食不够吃，每年秋天腌上

七八百斤白菜，一冬天到第二年春天，中午烩一锅酸烩菜，多
吃菜，少吃饭，晚上把剩下的菜用开水一泡，就顶晚饭了。喂
的两口猪，每年自己家吃一口，卖给公家食品部门一口，实际
也卖不上个钱，一口猪就卖个大几十块钱。那时候，国家给农
村定了任务，农民把猪卖给公家，算是给队里顶任务，为国家
做贡献，要是卖给私人，就是投机倒把。鸡蛋也卖了，家里的
开支就指望这点钱，还要供两个弟弟上学。两个弟弟是父母一
生中的希望，想让他们出人头地，离开农村，不再种地，将来
老了，儿子好养活他们。

　　母亲最大的缺点是没主意。她爱相信别人，不记仇，是个
有嘴没心的人。

　　我姐虚岁才十三岁，村子里有个老婆①给我姐说对象，她
也不打听打听男方，光听介绍人说，又遇上这个介绍人死皮赖
脸，天天来麻缠。我姐求母亲不要把她嫁出去，她要念书，我
母亲就不听我姐的。介绍人又麻缠她，母亲就答应了我姐的婚事。
事成以后，她才知道，介绍人说的都是假的，骗她了，她气得骂，
结果得罪了介绍人，人家心里恨她一辈子。人家明面上再来串

────────

① 方言，意为成过家且年纪大些的妇女。

母亲每年喂两头猪，卖一头为挣点钱，杀一头是给一家人吃的油水。其实一头猪才卖几十块钱。

门子，她又给好吃好喝招待上。

遇上不讲理的人，爱占便宜的人，母亲就要说，人家就跟她吵架，骂她。她骂不过人家，当时气得哭，过一阵子，人家又用着她了，说两句好听的话，她又把人家当好人了。

包产到户前两年，村子里搬走七八户人家，有的人又回来看看，没地方住，我母亲就留他们吃住，还给吃好吃的。她还说，给人家吃了是扬名了，自己吃了是添穷了。

聘了我姐以后，母亲见我姐过得不幸福，就后悔自己当初没主意，听上人家的话，害了我姐，她又担心我姐不出语（不爱把苦恼说出来），怕沤出毛病来。1966年夏天，我姐去包头给女儿看病，那时候正是"文化大革命"开始，到处有刁人抢人的人。我姐走了很长时间也没有消息，母亲成天念叨，有一天在柴火圐圙（kū lüè，圈起来的地方）一个人说话，我以为是跟谁说了，跑过看，就她一个人，问她咋了，她边哭边说："不知道你姐这阵子怎么样了？这么多天也没个消息，现在乱得这么厉害，不要遇上坏人。"

从那以后，母亲就没咋开心过。我的婚姻也不好，三妹、四妹想找个城里的工作也找不到，大弟、二弟念书不让高考，四妹后来精神还有了毛病，母亲就时常一个人说话，家里的事不想叫外人知道。她后悔来了二喜民圪蛋，又后悔1949年时没搬回五原。

七十七八岁的时候，母亲的脑子越来越不好了。赶去世的前两三年，她得了老年痴呆症，吃了饭说没吃，衣服穿在身上说丢了，让人偷走了。可爱干净的一个人，一辈子身上不让有个脏点点，最后竟然不知干和净。

# 白刺

*Nitraria tangutorum* Bobr.

　　白刺，河套人称作"哈莫儿"，源于蒙语"哈里木格"一词，意为肥大的果实，但实际上，白刺的果实比樱桃还要小很多。在风沙漫溢的地方，一大蓬一大蓬的球状小浆果，酸甜爽口，色泽撩人，既显得格外丰饶，又令人觉得神奇。跟大多数蒺藜科植物一样，白刺的枝条上也长有棘刺，既能够防御动物啃食，又得以保水抗旱。金石匠这样的人，就像西北干旱地带的白刺一样，倘若走近细瞅，你便能瞧出他们的独特、倔强、生动和可爱，他们用自己不为世事所移的个性和简单朴素的良善行动，丰富着荒芜的边地和岁月。

# 金石匠

——

　　金石匠也爱听苏联广播,我从来没听说过他的大名叫甚,因为给人家砍磨①,人们就叫他石匠。金石匠还会看点病,人们有个头昏脑热的,就让他给看。半夜叫他,他也不嫌,去家里给人看病,也不挣黑心钱。

　　他找的第一个老婆是寡妇,大概比他大七八岁,回来给他抱养了一个儿子。这媳妇身体不大好,后来被头一个男人家接走了。

——————

① 砍磨,指的是磨盘上的沟壑被磨平时,用锤子和凿子再把沟壑凿出来。

金石匠把他老婆的
大纸帽戴上，风一刮，
把牛吓炼了。

　　他又找了一个寡妇，比他岁数小，领回来的时候，也就是个三十多岁。因为头一个男人家里成分不好，"文革"时，队里有些积极分子想往上爬，就批斗她。他们把这媳妇吊起来，生上火炉子烤，让她说做过甚坏事。她说，她甚坏事也没做过。这些人不死心，就每天晚上去金石匠家窗户底下偷听，看他老婆和他说甚了。金石匠知道了，就想办法。偷听的人里有年轻媳妇，金石匠故意在屋里大声说，他一丝不挂，红麻不溜地睡

在窗台上，这些人就再不去偷听了。

　　队里给他老婆粘了个可高的大纸帽，让她戴，金石匠怕老婆受罪，就拿来戴在自己头上。去耕地，风一刮，帽子上的纸条一扇，把牛惊了，满地乱跑。金石匠扶着犁，在后面跟着跑，帽子上的纸条扇得更厉害，牛害怕，跑得就更快。那个情景我到现在还记得可清楚了。

　　他这个媳妇也被头一个男人家领回去时，给他留下了两个

　　金石匠头上经常罩一块
白羊肚手巾,热了就抹下
来擦汗,擦了再罩上。
　　外出时,他把儿子架在
脖子上,身上挎着个药箱子。

儿子，女儿还小，就带走了。老婆走了以后，金石匠又搬回我们庆丰一队来，两个孩子，他又当爹又当妈，一个人抚养。去给人看病，腰上背着个药箱箱，肩头上驾着娃娃，教育得两个孩子挺懂事又乖。包产到户第二年，他给大儿子娶了媳妇，过了两三年，又给二儿子也娶了媳妇。

后来，他和村里的一个女的好上了。他怕别的男人也跟这个女的好，晚上就怀里抱着个斧头，在人家房前房后转来转去。金石匠和人说，谁要和她好，他就砍谁。村里的人劝他，不要吼叫了，都儿孙满堂的人了，叫娃娃们听见不好听哇，他根本不听。慢慢地，人们就不说了。

1989 年的一天下午，金石匠的大儿媳妇来我家，哭着说她公公不行了，还没有老衣，叫我去给缝缝老衣。等缝完，已经晚上十点多了，几个女的相跟着去金石匠屋里看他，我还靠近前听，也没听见呼吸。众人以为他等不到天明了，不料第二天早上，人们说，金石匠没死，又好了。

我去眊（看望）他，他说："我去阎王爷那儿，阎王爷不收，我又回来了。"

金石匠有个外号，叫"金猛子"，意思是有些愣，没人敢欺负他，他也不怕欺负。实际上，看他平时说话咋咋呼呼，活着时从没害过人，跟众人相处得挺好。两个儿子对他也挺孝敬，大儿子还不是他亲生的。

但自从那次生病后，金石匠就不大出门，又过了一年多，就死了。记得是在 1991 年春天，村里人大都去参加了他的葬礼，人们都念他的好。

# 柿子

*Diospyros kaki Thunb.*

　　过去，后套地区的水果种类十分有限，柿子是普通百姓人家过年才能吃到的为数不多的水果之一。未完全熟透的柿子生硬、苦涩，只有当它变软时，人才能尝到甜头。秋婶一生，几乎是在用她的善良、软懦供奉世人，以求自己的活路。可是，家人也好，世人也罢，又有几个会念秋婶的好，并在她活着时呵护她、善待她。

# 秋婶

——

　　秋婶是童养媳，十四岁时，她父母把她给了人家做媳妇。秋婶一辈子生了十个孩子，给了别人一男一女，自己抚养了四个男娃、四个女娃。儿女多，光景却不好，秋婶和老汉舍不得吃，舍不得喝，舍不得穿，就想着攒下钱给儿子娶媳妇。

　　大集体的时候，年年不分红，她家娃娃多，生活特别困难。粮食不够吃，秋婶就拿白面跟城里人换玉米面，一斤白面换一斤玉米面，再找给七分钱。玉米面耐吃，换上一百斤白面，总共还能多找七块钱。她跟人们叨拉（聊天）说，家里没白面，天天就吃窝窝头，看见人家吃馒头、吃面条把她爱的，想问人家要着吃上一碗，又不好意思。说着说着就哭了。

那个年代，光是吼着抓革命促生产，农业学大寨，工业学大庆，一年到头也不让社员休息，干到腊月二十八，才放三天假。到了正月初二，又开始出工。一年四季没时闲，可就是打不下粮食。秋天分口粮的时候，要是按国家规定，每口人的基本口粮是二百六十斤粗粮，超额完成国家任务的队，每口人可以按三百八十斤给。可实际上，队里每年要留种子，留牲口饲料，剩下的口粮，每人能分到二百六十斤就算不错了。秋婶家娃娃多，劳动力少，每年挣的工分少，连基本口粮也分不回来。

秦锁当政治队长的时候，有一天，队里翻土，把土堆成堆，十车土算一个工，计十分工。计工由队长来评，队长评工看人。一样大的土堆，有的人给评得多，有的人就给评得少。秋婶说，给评得太少了。队长看见她拿着个旧锹，就一指头指住秋婶骂："你拿着烧火锹来混工分，还嫌评得少了？"骂得秋婶哭了。一群人站着看，没人敢吭声。给评得多的人不吭声，看见评得不公平的人也不敢说话，怕得罪队长了。秦锁心术不正，没人敢惹，谁要得罪了他，走着、坐着，他都抠掐（刁难）你。

其实秋婶拿的哪是烧火锹，烧火锹锹头小，根本翻不了土。就因为秋婶是个老实人，她不会花言巧语，不会溜沟子（溜须）、

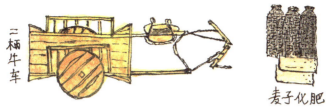

二桶牛车

麦子化肥

耖地

抱着袋子

秋婵 抱着袋子

以前人们不相信化肥,后来政府强调种麦子必需带化肥。拿布袋装着化肥,把铁皮卷的细筒筒捅在袋子里,扎住口子,抱着袋子跟着耧走,往耧斗里溜化肥。

队长

秋婵

　　把土翻起来晒着，堆成堆，
队长评看谁的土多，记的工分就多。

拍马屁，队长老看见她不顺眼，就抠掐她。队里，谁家男人厉害，队长就不敢欺负；看见谁老实，他就欺负谁。秋婶和老汉都老实，队长一不高兴就拿秋婶出气，骂她，她也不会骂人家，队里的人就给她起个外号叫"老善人"。

她老汉和我叨拉说："唉，你婶子嫁给我没好活过一天。吞糠咽菜，可过那苦日子来了。娃娃们小的时候是没劳动力，过那苦日子；娃娃们大了，又给儿子们娶媳妇，尽是花钱处，还是过不上好日子。过年，你婶拆洗被子，我才看见被里子上，补了二十几块补丁，我心里头好难过呀。"

王二小当队长的时候，有天早上起来，下着小雨，地里湿得锄不成庄稼了。王二小就在喇叭里喊："今天锄不成地，都来饲养院抹牛圈墙。"我听见吼，拿了个锹就走，秋婶在后头喊，让我等等她。我就等着，和她相跟上一块儿走。到了饲养院房后，队长站在圈墙上，看见我们来晚了，说："别来了，回去！人家早来了，你们这会儿才来，是来混工分了。"

其实我们跟别人去的时间差不多，就稍微迟了一点儿。早去的，还没干开活，王二小是故意拿我们耍威风。听见队长吼，秋婶吓得不行，怕队长又要狠狠骂上一顿。我说："秋婶，他叫咱回，咱就回。你越怕他，他越欺负你。今天咱要是不回去，

锄玉米休息下，一群人围着秋婵坐下叽拉。

可得被他骂个够。"

　　下午天晴了，我跟秋婵去锄玉米。锄地是记件工，锄多少
记多少。队长的侄儿子看见我们，就过来逗我俩："你俩倒胆大，
叫你们回，你们就真回去了。看队长咋收拾你们呀！"我说：

"他叫我们回，我们就回，怕甚了！城里人是怕下放到农村了，
咱们还怕下放回家里头了？下放回家里头正好，还能坐着不用
劳动。"

这个队长是一天绷着个脸，除了跟他关系好的，其他人谁
也怕他。以前一不高兴就骂，要不就扣工分，现在又不让人干
活。他的意思是，我说你你也不敢回去，以后你再不敢迟到了。
放在以前，我们也不敢跟队长作对，这次是太气人了，他是明
欺负人了。当时我们是壮了个蔫胆就回去了，实际回去了又有
点害怕。结果下午队长也没来，看来没事了，我们俩也不怕了。

1980 年，我们这里也实行包产到户了，从此队长不能想喊
就喊，想骂就骂了。可是秋婶家的光景还是不行。四个儿子，
三个娶的是外地媳妇，花的钱又多，媳妇们对她还不好。这个
嫌她不给看孩子，那个嫌她不给做营生，一天骂她。儿子主不
了媳妇的事，媳妇们想骂就骂，儿子还跟上媳妇说她不好。

后来，秋婶的老汉眼睛瞎了，种不成地，把地分给儿子们种。
打下粮食了，也不给他们。秋婶去要，媳妇们就跟她吵架，儿
子也向着媳妇，不分给她。好在给儿子分地的时候，秋婶留下
一亩来好地自己种。每年种麦子，麦子里带着玉米，玉米行里
又点着豆子，堰圪塄上还种着葵花。秋婶说，麦子人吃，玉米

秋婵背玉米秆，
准备冬天喂羊了，可是
她背了一背玉米秆回来
往下一放，一下子跌倒，
就死了。

喂猪子，豆子换点豆腐吃，葵花籽换油。就这样，生活总算比以前好点了。三媳妇和三儿子看见秋婶种的庄稼长得好，就去要这块地。秋婶不给，秋婶说："我种上能喂猪、喂鸡、喂羊，吃上方便，省得问你们要。"三媳妇就跟她吵架，儿子向着媳妇，说："你不给我种，你那不是都让女子（女儿）来吃了？我们又吃不上你的。"

四个儿子都在一个村子里住着，就这样儿，你看我，我看你，谁也不给他们娘老子养老。

那年秋天，她割下玉米秆要喂羊，儿子有辆四轮车不给她拉，她就自己背。回家把玉米秆往下放的时候，跌倒了，就死了。打落（出殡）时因为花钱，女儿和儿媳妇吵起架来。吵着吵着，她家二女儿和三媳妇打起来，三媳妇的女儿给她妈出头，迎头一棒把她姑姑打得昏死过去。

农村人常说："人老了没坐处，皮袄烂了没放处。"秋婶死了，老汉没人要，最后，大儿子没办法才把他收留回去。其他三个儿子和女儿也不惦记他，没人问他想吃点，想喝点甚。后来老汉也死了，女儿来了不出钱，就给老人买了点纸火烧了，四个儿子凑合着把老汉打落了。

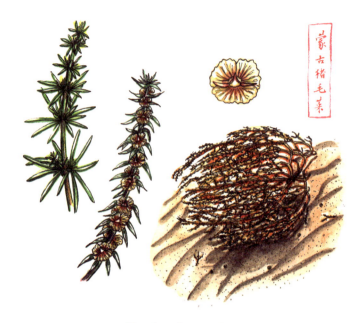

蒙古猪毛菜

*Kali ikonnikovii* (Iljin.) Akhani & Roalson

　　满积砾石的荒滩上，生长着种类繁多的猪毛菜，蒙古猪毛菜是
其中一种，河套人管它叫"猪尾巴"。春天，"猪尾巴"纤细的枝条
上会长出细密狭长的叶片，看上去很像一根根绿色的猪尾巴。深秋时
节，"猪尾巴"靠近地表的茎干变得干枯且脆，风一吹就能折断，于
是，整株"猪尾巴"就化身为"风滚草"，在大地上随风翻滚。这个
过程中，无数长着圆圆薄翅的小果实，被随机播撒于荒地上，它们未
来的命运，就在这无可捉摸的翻滚中被决定。遇低洼潮湿之地，便得
新生；否则，便要休眠或死亡。而在历史大势的浩荡行进和彼此交替
间，这也是刘三洪和秦四小们的命运。

# 刘三洪

—

　　有个村子叫吕八圪蛋，紧挨我们队，就隔一条渠。吕八是过去的一个有钱人。到大集体建立公社的时候，吕八圪蛋就改名叫作庆生五队。

　　庆生五队跟我们是一个大队，后来两队合并，人们常在一块儿劳动。

　　刘三洪就是庆生五队的人。小时候，父母让我们见了长辈叫叔叔、大爷、婶子、大娘，我们就叫刘三洪刘大爷。

　　人们叨拉说，刘三洪的父亲死得早，他妈又嫁了人，还把女儿嫁给那个男人的儿子。刘三洪没成家，没儿没女一个人，

人数在房内开会

老家来的人    大队干部

警察给戴手铐

他的亲戚给送来了饭

那个年代不穿花红柳绿,常宣传,不爱红装爱武装。

成分是贫农。1961 年，庆生五队跟我们队又分开了，分开队，大家见面也少了。

有一天上午，我们正在地里干活，突然队长来喊，让去大队开会。人们悄悄说，今天不知又斗谁了。那个时候，停下生产开会，开的多数是斗争大会。斗的是地主、富农、反革命分子，说他们不老实。到了会场一看，是刘三洪站在那里，还有两个公安局的，说是来逮捕刘三洪。

我们一个大队有九个小队，来开会的人有几百号，各个队的人都来了。大队干部就通告说，刘三洪是个杀人犯，在他们老家杀了十八口人跑了，偷偷来了庆生五队。他跑了以后，老家的人一直在找他，找了多少年没找见，这下可找见了。

刘三洪的老家来了三个人，跟他是本家，也姓刘。他们说，刘三洪杀了他们三家总共十八口，光刘三洪三爹一家就有五口人，他三妈怀孕，娃娃还没生下，就被杀了。

警察给刘三洪戴手铐时，三个人高兴得给大家深深鞠了三个躬，说，可把他逮住了。

散会后，刘三洪的外甥给他送来鸡蛋、油烙饼，他大口大口地吃，吃完后，就被警察弄到车里带走。

人们都很惊奇，说甚的都有。可是咋也想不到，六个月后，刘三洪被放了出来，并且成了英雄。又听人说，刘三洪八九岁的时候，他父亲抽大烟，一没钱，就偷他弟兄家的东西。他弟兄们嫌他偷东西，就把他打死了，又担心他儿子长大，给父亲报仇，就又把他两个儿子打死了。看见刘三洪鼻涕邋遢，不起绾壮<sup>①</sup>，他们心想，这孩子长大肯定成不了气候，就没往死打。没想到，刘三洪十七岁当了兵，偷拿上部队的炸弹和枪回了老家，晚上，把他几个爹爹家都给炸了。

人们说，公安局把他逮起后做了调查，认为他爹爹们都是地主，应该杀，这样他就成了英雄。从那以后，各个大队经常让刘三洪去学校，给娃娃们讲他过去的故事，让娃娃们忆苦思甜。学校还给学生熬面糊糊喝，号召大家向刘三洪学习。

刘三洪一直活到改革开放后，他的历史问题也没人追究，得了个善终。

---

① 方言，指人不中用的样子。

# 四叔

一

　　四叔是爷爷、奶奶最小的儿子，小名叫秦四小。四叔没成家，和爷爷、奶奶、父亲、母亲一直在一起生活。买东西，爷爷就让四叔去买，说他心细不乱花钱。四叔每次买回来准要给爷爷交代清楚，米是多少，面是多少，花了多少，剩下多少，爷爷一算，毫厘不差。

　　那时候经常打仗。有一天晚上，人们瞭见乌不浪口通明，是日本人点着火把打进来了，第二天，五原城满街都是日本人。日本人看见甚抢甚，把小猪儿子弄死烧着吃。五原住不成，全家去了郭地壕。结果，爷爷得了急病死了，死时六十二岁。

　　1945 年，日本人退出五原，父亲他们又回去了。当时稳定了，提倡人们学文化，四叔晚上就去上夜校。没想到解放战争一开始，四叔就叫国民党抓壮丁给抓走了。老人们说，一开始，抓的都是身强力壮的，人们怕抓壮丁了，都留了胡子，不洗脸，不剃头，还往脸上抹锅底黑。后来，下至十二岁，上至六十岁的都抓。抓住就给洗脸、剃头、刮胡子。父亲也被抓壮丁抓走了，奶奶、母亲就去了二喜民圪蛋。1949 年腊月廿一，奶奶也去世了。

　　四叔在战场上让大炮震得神志不清，给退回来。回来后，

晌午了不回家，
四叔拿着锄比试打枪.

挖渠

四叔蹲下擦锹

队长

还是跟我们一块生活。

　除了吃饭、睡觉，四叔嘴里总是不住地念叨，也不知道说的甚。吃饭得有人给他舀了递在手里才吃，要不饿死也不省得自己吃。劳动得有人领着，一个人干活的时候，他把锄头、镰刀举起来瞄着当枪使，嘴里还喊着"砰砰砰，啪啪啪，轰隆，轰隆"。要不就站直了报名，一口气能念出好多人的名字。有人一起干活，他就不这样了。挖渠的时候，人家顺着摆好的砖挖直线，他只会低着头挖，不省得往前看，老是挖不正，队长说他了，他就蹲下来擦锹。他不跟人说话，家里人问，有时候说一句；外人问，他甚也不说，只抬头看看。

　锄、割、挖渠、打堰的活，他都能干。他光干活，不管工分多少。出工得有人喊，收工得有人叫，干活不省得休息。他不会偷懒，比正常人干得多，就是不给多

拿着镰刀打枪

挣工分。有好心人看见他还不回家吃饭，就喊：
"四老汉，别弄了，快回吃饭去，吃了饭再来。"
有些人故意看笑话，还糖呀傻呀地骂。

自从成立了生产队，队长每年春天让人把
他领上走民工，到县里修大渠。六几年的时候，
大搞农田改造运动，红泥土要变沙盖土，得多
上肥。这样一来，牛马圈就得勤起、勤垫，多
出粪，多积肥。积肥的办法，是把圈里的粪掏
得担在粪堆上，再担一层土盖上。这个营生又
脏又累，没人愿意干，队长就让四叔给出圈[①]。
一年三百六十五天，天天担，过年人们放三天假，
他还得给出牛马圈的粪，肩膀上都压起老茧来
了。到评比，队里评了先进生产队，队长受表扬，
四叔更得干，一干就是好几年。

实际上，四叔也不是甚也不懂得，他有时
心里可清楚了。苏联和中国关系不好的时候，
人们常说，苏联给中国放过三条吃人的狗来，

————————

① 方言，意为从牛羊圈里往外掏粪。

四叔每天把生产队牛圈、
马圈的粪给掏出来担到
粪堆上,再担一层土盖上。

这堆粪比房还高

草丛林里碰到
三条大黄狗。

是三条可大的黄狗。那时我念小学二年级,学校离家有十来里路。学校经常让学生给队里干活, 去队里劳动要走十几里路, 回家的时候天黑得甚也看不见。母亲就站在路口瞭我, 等我走到跟前, 母亲第一句话就是:"咋这会儿才回来,我以为叫狗吃了。"

光是听人说, 我从没见过三条大黄狗。有一年秋天, 母亲让我和四叔去县农场看我大姐, 我们走到杨六圪蛋的一片芨芨(芨芨草)林里, 那片芨芨又高又密, 人在里面, 从外面根本看不见。中间是一条小渠, 我们顺着渠陂走, 突然前面走出来三条大黄狗, 可把我们吓坏了。我吓得像丢了魂似的, 想着非让狗吃了不可, 这下活不了了。没想四叔却迈开步, 上前就挡在我面前, 和我说, 不要怕, 不要怕。那三条狗对着我们站着, 我们也站着, 不敢动。过了好长时候, 三条狗才顺着路往北走了, 我们也赶着毛驴跑, 一口气跑出芨芨林。出了林子往前走, 还就走就往后瞭, 怕狗再追上来。走得离芨芨林很远了, 我才思谋, 四叔从来也没快走过一步, 老不着急的一个人, 母亲嫌他慢, 老骂他走路怕踏死蛤蟆了, 今天竟然跑了起来, 还省得护着我。从那以后,我才知道四叔其实不是真的糊子,有时心里甚也清楚。

包产到户了, 四叔再也不用干以前那种活了, 不用受那份苦了。每天早上起来, 他把自家院子打扫得干干净净, 把骡子圈也打扫干净，做这些营生，他已经习惯了。

　　后来，父亲去世了，四叔又跟我二弟一起生活。四叔从来也不感冒，胃口也好，1988 年，忽然有一天，不想吃饭了。二弟把金石匠请来，金石匠也没说什么，给配了点药。我去看，问他想吃甚，他说："凉凉的吃点。"我就给买了两瓶水果罐头。他打开吃了一瓶，说明天再吃，问他哪难受，他拍拍心口，不说话。过了五六天，四叔去世了，那年他七十一岁。

　　四叔去世后，二弟不忍心把他像五保户那样埋了，买了纸火，请了鼓匠，招待了全村人，给他风风光光下葬。二弟扛着引魂杆，像四叔的亲儿子一样，发送他。这是无儿无女的人死后享受不到的。

　　有人说，这老汉一辈子没做过恶事，是个好老汉！

# 柠条锦鸡儿

*Caragana korshinskii* Kom.

　　塞上边地，柠条锦鸡儿的存在绝对是一大奇观。每年五六月间，一株株柠条锦鸡儿于低矮灌草丛间兀然凸显，先是满树金黄的花，然后是满枝艳红的果，很是盛大。它的根系极其发达，深可达九米，横向伸展可达二十余米，是沙漠及荒原上防风固沙"天王"级别的存在。到了七月，柠条锦鸡儿的果实成熟，果荚爆裂，种子撒落，新生命继续萌发，并用强大的根系，将更多的浮土流沙牢牢锁住。被人誉为"河套王"的王同春，于晚清、民国时期在河套地区大兴农田水利工程，依循天文地理，召集人力物力，广接黄河之水，使原本人烟稀少的地方，变成旱涝保收之所，从而滋养、安顿了许许多多的人，包括外来移民。不管王同春的德行如何，其历史功劳，跟柠条锦鸡儿们的生态保育功能颇有几分神似。

# 王同春

—

　　我们这儿的人常说，"黄河百害，唯富一套"。可老辈人还爱提另外一句："天下黄河富宁夏。"说是早以前，河套地区没有渠道，吃不上黄河水，有空地也开不成，全荒着，直到"后套河神"王同春带人开发了水利，引来黄河水，更多的人才有地种，有粮吃。从此，可多地方的人往河套跑，逃荒要饭的人更不用说。人们说大后套是个养穷人的地方，不管咋样也能有口饭吃，来了人们就不想走，"后套后套，来了就给套住了"。

　　人们说，绕着我们村的哈鲁乌素渠和谭家渠就是王同春开的，这两条渠是我们村子里浇地用的最主要的渠。我们和庆生

五队就隔了哈鲁乌素渠，劳动歇下，人们就到渠陂上凉快凉快，
跟庆生五队的人叨拉，他们在那边，我们在这边。去复兴公社，
也是沿着这条渠的渠陂走。渠里的水浇完地，放在水圪洞里，
人们就耍水、饮牲口。渠里的水流到支渠里，我们就担回家做饭、
洗涮用。

王同春站在黄河边上观
察怎么从黄河上开渠口。

　　"后套河神"王同春有一只眼睛是瞎的，人们就叫他"瞎
进财"。我小时候，常听母亲讲"瞎进财"和"瞎陈四"（大
名陈锦绣）的故事。

　　刚开始，在五原一带，陈锦绣比王同春势力大，陈锦绣当
兵出身，手下有些兵马，最早这地方是他的天下，没人敢跟他争。
后来，王同春来了，要开渠种地，他不让，两个就打闹，越闹
仇越厚，陈锦绣就让人把王同春装在麻袋里，填了黄河。可是，
没人省得给往身上捆个重的东西，王同春就漂到了岸上，被蒙
古人救了，好吃好喝让他住下养伤。王同春养好伤，蒙古人就
教他说蒙语，他们结成了好朋友。王同春又回去开渠种地，没钱，
蒙古人帮他出钱；没粮，蒙古人帮他买粮。王同春开了可多的渠，
种的地数也数不清。后来，人多了，起了房子，地方叫作隆兴昌，
就是五原县后来的中心。

　　陈锦绣看到王同春势力越来越大，不服气，还是跟王同春
闹，王同春就让人把陈锦绣的眼睛给抠了，"瞎陈四"的外号
就是这么来的。有一年腊月三十晚上，王同春又派人把陈锦绣
杀了。过了几年，陈锦绣的侄子到京城告状，王同春被抓进监
狱，判了个终身监禁。辛亥革命后，王同春又被释放了，回到
隆兴昌接着开渠。

听说王同春有一匹马，
一天一夜能到北京。

　　王同春开渠可有办法了，一到下雨，人们是跑回家躲雨了，他是骑上马，看水从哪个方向流，还趴在地上观察地势，看哪儿高，哪儿低。据说，王同春有一匹好马，一天一夜能从五原跑到北京。

　　传说王同春还救过很多难民，讨吃要饭的只要到他府上，他就管吃管住，难民们就跟他开渠种地，脑子好使的，就给他打理家业。

　　还传说冯玉祥带着部队也投奔过他，他给管吃管住，部队的人也跟他开渠。

　　王同春有一二百辆大车，上千的驼马，上万的牛，绵羊、山羊多得无法计算。他还有几十艘木船，一百峰骆驼组成的驼队。他母亲死了多少年了，还年年给过寿，包上戏班子在四大股庙一唱就是一个月，谁去看都不要钱。

王同春开的义和渠

那时候遍地长着红柳、芨芨草、白刺

人们正在开挖沙河渠

# 苍耳

*Xanthium strumarium* L.

　　菊科植物苍耳，多长在田野沟渠旁，河套人叫它"刺儿苗"。苍耳的小果实被一个椭圆形的"囊"包裹，"囊"外布满坚硬钩刺，每有羊群或行人走过，它们就会瞅准时机，钩挂在羊毛或人的衣裤上，为下一轮的生长寻找机会。五保户董密生在世时的一些做法，有点像苍耳的果囊，要靠钩挂于他者而成事。不管怎样，在"道德"上，苍耳的果囊还算清白，董密生却未必。

# 五保户

—

天底下甚样的人都有。有些人，既可怜，又可恨，就像以前庆生一队的董密生。

董密生没有老婆、儿女，人们叫他老密生。庆生和庆丰两队合并后，他就在大队部看办公室。后来，大队又分开了，他不回庆生一队，我们队就把他留下来，让他看俱乐部。老密生每天给队长滚滚水（烧水）、煮煮饭，年纪大了，就成了庆丰一队的五保户，吃、喝、花销，都是队里管。

在队里，队长让他干个升旗、放旗的营生，其他甚活也不用做。社员出工的时候，升旗；收工的时候，放旗。升旗、放

数九天刮着
大西北风

打坷垃

榔头

出工

五保住在俱乐部，
他升旗，社员就出工。

旗的时间，是队长定。人们瞭见旗一升，就赶快下地；旗一放，就可以收工。升旗的时候，社员要是稍微走慢几步，队长看见了，就要扣二分工。

有两年冬天，队里让社员出工打坷垃。我们这儿的土壤碱性大，稻子种的时间长了，地起了碱，耕过以后，都是大土坷垃。打坷垃不像别的活一样能走动，西北风刮在脸上像针扎一样疼。那时候，人们穿得也单薄，有的人还能穿个皮袄，有的人连皮袄也没有，就是厚点儿的棉袄也穿不上。那个时代，买布要布票，买线要线票，买棉花要棉花票，这些票都得国家供应。一人只给六尺布票、半斤棉花票，没有票，甚也买不到。

人们手脚冻得长了疮，白天只是冻得疼，晚上回到家，热得消下①，痒得受不了，就想抓。抓得破了，又疼又痒，就熬点茄苗子水泡脚。没有茄苗子，就只好拿盐水泡。上了岁数的人，脚冻得裂了口子，疼得没办法，就把土豆放炉子里烧熟，捣成糊糊抹在裂口上，再拿布裹住，捂得能好些。

数九天时候，滴水成冰，人们在外面打坷垃，就盼老密生能早放一阵旗。可是老密生才不了，非得按时按点，时间不到不给放。人们冻得受不了，就瞭那个旗子，可是，瞭瞭不放，瞭瞭不放，就骂："今天这个引魂杆子还不往下放！咱死下了，他可坐在房里不冷。"旗不往下放，冻死也没人敢回家，怕队长骂，又怕扣工分。队长自己也不出来劳动，天气好的时候出来转转，天冷就家里坐着，也不管社员冻不冻。

---

① 方言，指的是受冻的手脚暖和过来。

熬过的大粪拌沙土叫有机肥，手来掬，怕队长骂，没人敢说脏。

人们说，还是老密生福气大啊，一个人，没儿没女，坐在家里暖窑热钵（热乎乎的），吃不愁，穿不愁，有人养活着，老来老了，"五保"了。队里跟老密生年纪差不多的老汉都得干活，不干活，没工分。人们常说："有钱的娃娃会说话，没钱的老汉力气大。"有人羡慕老密生，也有人讨厌他，说他对人没一点关爱，只认那些当官的，只为自己好。

夏天，我们队的社员干了大半天活了，庆生五队和庆生四队的社员才出工。他们跟我们只隔一条渠，有时候劳动遇在一块就叨拉。他们说："你们队的队长，连社员的死活也不顾，要他做甚？"我们说："队长成了世袭了！就那几家人，你不当他当，他不当你当，谁当上还不是一个鼻圈圙出气。剩下的人，由着队长挫碾（挫折磨炼）。"

后来，老密生眼睛瞎了，升不成旗了。别说升旗，他就连给自己煮饭也是瞎摸了。刚开始，队长还派人隔几天给他担一担水。随后，人们嫌他脏，心里讨厌他，没人愿意给他担。队长也不管了，社员更是不尿（理会）他，老密生就自己上吊死了，他兄弟把他的尸体拉回了庆生一队。

人们私底下骂队长，人家庆生一队不要的人，咱们队可不管好赖给收拾回来。人们恨老密生，说他活着没个人缘，死也没个好死。人家是灾死、病死，他可是上吊死，死了还祸害人。以前人们传说，上吊死的人，满三年得捉个替死鬼，不捉替死鬼他就转不了世，投不了胎。人们怕他三年里也要捉个替死鬼，越想越害怕。巧也巧了，三年以后，村子里一个十六岁的姑娘上吊死了，不知为甚，挺好一个姑娘，就这么轻易死了。人们恨老密生，现在说起来，还说这姑娘是他害死的。

# 截萼枸杞

*Lycium truncatum* Y. C. Wang

　　荒坡上的截萼枸杞并不太容易辨认。它们不像其他枸杞，枝条上长着许多坚硬棘刺，在一定程度上可以阻止食草动物的啃食。截萼枸杞因为棘刺少，枝叶鲜嫩，果实可口，常会因山羊的啃食，而变得面目全非。青色的果实每每未及成熟，就已葬身羊腹。十六岁自杀的少女莲花，其实是被她所属的世界吞掉了。社会观念，风俗，人和人之间相处的方式，言说的话语，不经意间，都可能成为伤人的利器。少年，既是绚烂的，也是易折的。

# 莲花

—

　　老密生是 1971 年秋天死的，1974 年秋天，村子里一个叫莲花的小姑娘也上吊死了，死的时候才十六岁。人们说，那是叫老密生给抓走的。

　　莲花是个挺好的姑娘，长得也好，绵绵善善的，不爱多说话，不管谁说甚了，她就笑一笑，从来不跟人顶嘴。莲花好嗓子，会唱歌，"文化大革命"的时候，一开会先要唱"心中的太阳红艳艳"，莲花和她家的人都会唱，队里就让她家去公社、各个大队给唱。

莲花

"文化大革命"时, 让人们唱"心中的太阳红艳艳".
谁家会唱, 就让谁家去公社里唱.

那天下午，人们正割糜子了，突然来了一场瓢泼大雨，大家就往回跑。跑回家，浑身上下全湿了，身上往下淌水了。等雨下过，太阳也快落了，人们就没出去割糜子，正好在家休息休息。人们常说，"天阴下雨是长工的天"，就是说，一年四季没有休息的时节，只有下雨干不成活，才能歇着。有人趁这点时间做点家务，有人出去串门子。不大一会儿，听见外面哄吵吵，我跑出外面看，听人们吼喊说，莲花上吊死了。

我一听，吓出一身冷汗。怎么是莲花？刚刚还割糜子的，不是真的哇？后来，人们说，莲花在凉房顶上吊着，她家的人看见迟了，解下来已经死了。村子里，胆大的去她家看了，那时候我胆子可小了，一听见人死了，就头皮紧抓抓的。第二天把莲花埋出去，我才相跟了几个女的去她家看了看。她家离我家可近了，中间就隔着一户人家。

莲花

从前有一种鸟，叫鸿雁，叫得很
好听，看见飞过来，人们就趴下瞧。

那天天一黑，半夜狗叫得可厉害了。听声音，像是狗围着个甚东西咬，狗越叫，人越怕，怕得不敢睡觉。到了天快亮的时候，狗才停住叫唤。人们说，狗是咬莲花了，莲花是屈死鬼，死了阴魂不散，晚上就回来了。莲花本来不想走，硬让老密生给抓走了。

也有人叨拉说，那天回到家，莲花把衣服上的水拧了，搭在一个晾衣裳的杆子上。她二哥嫌她把裤子、内衣搭在那儿，正好是人来回走的头顶上，就骂了她一顿。当时虽然是新社会了，人们的观念还没转变，还讲老一套，认为女人的裤子、内衣不能在人经常行走的地方晾晒，得晒在背阴的地方，男人就怕从女人的裤子底下过了，不吉利。也不知道是不是因为这个，莲花才寻了短见。

如今回想起来，很可能，莲花心里还有其他不开心的事。好好一个人，说走就走了，有时候真叫人不敢相信。

2018 年，我来上海二儿子家。夏天，永林和东莉带我去杭州玩，我看见西湖到处是荷花，开得真好，一下就想起莲花，为她可惜。

杭州荷花

# 霸王

*Zygophyllum xanthoxylum* (Bunge) Maxim.

  阴山南麓，碎石坡上，生长着一种壮硕的蒺藜科植物——霸王。干旱、贫瘠的山石间，多数植物都以低伏的姿态维系自己的生命，浑身利刺的霸王却赫然矗立。它的棘刺间生有纤小叶片，不知是因味道不佳，还是因啃之不易，牛马都不来取食。秋后，霸王淡黄色、轻薄的翅果在山风中招摇，准备散播它的后继者。曾经的村官秦锁在人群中的做派，有点像阴山南麓碎石坡上的霸王。但霸王在草木界多长一些，反而能起防风固沙的作用，对当地生态有益无害，而人群中的秦锁如果多了，就会生出更多的灾难。

秦锁骂人

# 秦锁

——

　　秦锁，大名叫秦锁小，人们为口顺了，就叫秦锁。秦锁是我们村子里最赖的一个人，吃、喝、嫖、赌，哪样也少不了他，真是甚灰（坏）做甚，没有他不做的事，还当了一辈子的大小队干部，他想干甚就干甚，他要想干的事，千方百计要达到目的。秦锁心眼也不好，村里谁要过得好，他眼红；谁要过得不好，他笑话；谁要得罪了他，走的坐的害谁。

　　大集体那时候，秦锁跟村子里的那些灰人成天混在一起，吃喝玩乐，把那些厉害的拉拢住。"四清"运动来了，他先是入了党，接住又选上政治队长。当上小队政治队长了，又把大队干部、公社干部巴结上，给吃喝上，每次运动来了就搞积极，批这个，斗那个，又当上了大队政治队长，兼着小队政治队长，还被选上了县政协委员。

我们小队名义上有生产队长，可是甚事情全是秦锁说了算。其实队里就那么几个厉害的人，不是你当队长就是他当队长，今年你当，明年他当，反正就那四五个人当来当去，跟秦锁都是一伙的。其他人想当也轮不上，就是当上了，首先这些人就不好管理，也没人敢当。这些人就是不当队长了，也是好营生紧他们做，脏活累活他们才不干，挖渠、打堰子从来没他们的事。

队里有三四头老母猪，一头公猪，早上去喂喂，太阳快落时去喂喂，工分一天不少挣，又能干家务，这些营生谁也想干，就是轮不上，得跟秦锁关系好才能喂了。到夏天，蚕豆、玉米能煮得吃了，队里怕人偷，就派人去看守。看的人白天出去转一圈就回家了，晚上在家里睡大觉不出去，白天黑夜都挣工分。蚕豆、玉米名义上有人看，可晚上人们照样偷。这种营生，也都是和秦锁关系好的才能轮上了。

那时候种的杂粮多，除了蚕豆、玉米，还有豌豆，高粱，怕人偷了，队里派人看着，秦锁就让看守的人给他留东西，按现在的话来说，就是"监守自盗"了。村子里的人一有甚好吃的，首先得请他吃喝，一不请他吃喝，就到处宣传你这也不好，那也不好。尤其是谁家给儿子、女儿订婚喝酒，更得请他，一不请就惹下了，走在哪说在哪，走在哪骂在哪，要么就给你使坏。秦锁口口声声说："我有权还作害不了个你？权在我手里握的，你想干甚？我一个不同意，你能把我咋，还能跳出我的手掌心！"

就说入党，谁要溜住他，一句话就能入。你要得罪下他，不要说入党了，你就是做的好事再多，他也不让你入。还有上初中、高中，那时候搞推荐制，他不推荐你，拿这个卡你，你能咋了？就连大队当个民办教师，他也不让你当，队里的好营生永远轮不上你。

人们为巴结秦锁，每年冬天杀猪，这家请了那家叫。秦锁是吃了这家吃那家，还就要吃肉。到了谁家，你紧得给往盘子里舀肉，才能喂饱他。人们尽怕惹下他害人了，他要害你，说不定哪一阵子。这也成了乡俗，人们一杀猪就请他，他一吃不上就骂你。

秦锁还爱赌博。大集体不让耍赌，秦锁他们白天不敢耍，晚上就在那些破旧没人住的烂房子里偷着耍，那时候农村没有电灯，点的煤油灯又看不清。耍赌的时候，秦锁是光掏不押，

他跟他兄弟二锁子，拿细红柳条修
的棍棍当宝子（一种赌具）。宝子
不到一寸长，比水笔芯粗一点儿，
上面抠个壕壕。抠一个壕表示一，
两个壕表示二，三个壕表示三，四
个壕表示四，总共四个宝子。弟兄
俩一个掏，一个坐庄。正常情况下，
掏宝的人先是把手背到自己的背
后，把一根棍棍握在手里，然后出
宝。结果秦锁他们是先捏一根棍棍，
悄悄夹在指头缝里，然后手里再握
一根。要是他手里握的是二，人家
押的也是二，他就想办法把二漏下
去，用手背压住，把指头缝里的一
呀、三呀或者四呀换上，开出来，
那你就输了。弟兄俩每次相互配合，
出宝时咋咋呼呼地喊叫，人们一着
急，灯光又不好，就容易上当。刚
开始不知道是他们做鬼，人们直以

村子里有弟兄两个，经常赌博骗人们的钱。

从银川下放来一家人,来的时候背一卷铺盖,回的时候满满拉了三车东西。

为是自己手气不好，耍的时间长了，露馅了，他们就去别的地方赌，有时候去五六十里以外的地方。耍赌的人给他们弟兄俩起个外号，叫"大二皮匠"，就是刮铲人们钱财的人。

六几年，从银川下放到队里来两户人家，都是年轻人。一个媳妇长得花眉俊眼，挺好看，大尻子（屁股），走路时尻蛋上的肉一颤一颤。秦锁先是不管走路干活，就跟在人家后面，拍打人家的尻子，还说这尻子绵溜溜的，真好了。后来劳动歇下，对着那么多的人，只要没有他们家的人，就按住亲，搛进怀里搌奶子，就这样，两个人好上了。秦锁老婆徐娥女知道了，每次碰见那个媳妇就骂。有的灰人给那媳妇出主意说，不要怕，让她骂哇，她又没把她男人捉在你家里。捉贼要赃，捉奸要双，你胆大点。从这开始，秦锁、二锁弟兄俩，还有村子里的两个赖皮，四个男的把那个媳妇捧上，他们五个人劳动也是一伙伙。徐娥女骂："看哪天逮住，把她肚子给她倒了，她爷爷是给他们留面子的了，你当我不敢收拾你们。"后来，秦锁让他老婆把他捉在那个媳妇家里了。从那以后，那个媳妇不敢出外面来了，就连劳动也不敢出来，怕徐娥女打她，最后，这家人又把家搬回宁夏老家了。这媳妇和她男人来的时候就带一卷铺盖，走的时候，拉了满满三车东西，都是这几年和秦锁混下，从队里刮铲来的。

包产到户以后，人们自由了，谁想干甚干甚，秦锁也没有多少权力抠掐人们了，人们也不咋怕他了。秦锁名义上是队长，也就是催催粜粮，收收水费。刚包产到户的时候，国家给定了农业税，农民每年得给国家粜粮食，我们这儿的人打下麦子，就自动去粜了，不用催。从此也没人溜他，给他吃喝了。秦锁吃喝不上，气得就叫他三儿子海明去害人了。海明去刘召火车站，就把别人自行车偷地骑回来，放在树林里。跟秦锁家关系不错的，给秦锁说海明做的事，他哼了一声说："那是我儿子聪明，胆子大，你家的孩子能省得？"

秦锁还经常让海明跟人吵架、打架。占了便宜，他高兴地说："那是我儿子，你当谁了？"占不了便宜，他就说："你没个刀子斧子，去把他家房顶给挑了？"后来，海明不干活，一天手里提着个斧头溜达。有一天，海明走到人家院子里，把人家鸡儿一斧头给砍死了，吓得人家也不敢说。有一天，

海明提着斧头在营子里溜达

海明跟营子里一个后生吵架，吵得差点打起来。人们拉开来，晚上海明提着个西锹，满营子寻那个后生。这种锹是平的，刃子就像刀刃那么快，挖渠用的。海明骂："一锹头就把你那懒筋给你放断。"那个后生听见海明寻他，吓得藏起来，不敢出来。从那以后，晚上女娃娃、半大小小都不敢出去，就怕碰见海明。

大人一般也不敢惹他，怕他，说这家伙跟他老子一样，甚事也敢做，就是你不招惹他，他还要找你的茬。人们担心，说不定哪天村子里会出大事。没想到，九几年春天，来了个银川卖大米的后生，海明跟他吵架，伸手就打人家，让那个后生当胸脯上捅了他三刀，捅死了。人们说，就他老子教他做坏事做的，让人捅死了。捅死也好，把村子里的害除了。海明死那年二十来岁，还没成家。

秦锁大集体时候当的是大小队政治队长，包产到户以后，没有政治队长了，秦锁就当小队队长。再后来，人们把他弄下来，不让当了。他又求这个求那个，让他给大队管水。人们淌地浇水，都他掌握的了，他给你放水，你才能淌地，他不给放，你就淌不上水。到了用水时，人们就得巴结他，给他吃喝，怕淌不上水。2011年，他老婆徐娥女死了，老婆死后，秦锁就去刘召逛妓院。刘召有一家名义上开的是麻将馆，实际上就是个妓院，里面养的都是年轻女女。我们村子离刘召有二十里地，他雇村子里的一个人开车，单门接送他。他回来给人们夸他逛红灯区，还说村子里的年轻媳妇们不会挣钱，看人家红灯区那女女们，一黑夜挣多少多少钱。他说："你们这些死心眼，连个钱也不会挣。就你们这些，活在世上哇不是白活了？"

　　2013 年冬天，秦锁外甥家办事宴，他去他外甥家喝酒，喝死了，死的时候七十二。人们骂他一辈子没做好事，死还没死在家里头，死在人家家。过去，人们常说不要做灰事，做好事死的时候，能得个好回首；做灰事多了好死不下，回不了家，死不在自己枕头上。过去可讲究这个枕头了，人死了装进棺材里，要把枕头放在棺材的大材头上。

# 甘草

*Glycyrrhiza uralensis* Fisch.

　　干旱的旧河滩里，生长着一味治病的良药——甘草。这种豆科植物极耐盐碱，且不惧严寒，它们在荒滩上，甚至沙漠边缘也能生长。秋天，甘草结出弯曲如镰的荚果，荚果的表面极为粗糙，这佝曲沧桑的果实，仿佛是对它艰难一生的总结。然而，即便历经磨难，它的根却甘甜如饴，将福祉留予他人。秦秀珍、秦秀荣姐妹的人生质地和命运，与甘草相似。

# 梦见三妹妹

———

2015 年春天我来了上海。6 月 2 日晚上，大半夜了，我梦见天上有一群白鹤，一会儿伸脖子，一会儿抖翅膀，再一飞，又变成朵朵白云。不大一会儿，我见三妹来了，跟活着时一模一样，还是穿那身紫红色的上衣，黑蓝色的裤子，剪的短头发。

早上起来，我跟永林、东莉说，昨晚上梦见你三姨了，先是天上一群白鹤，一飞变成了白云。他俩安慰我说，鹤是吉祥物，还有白云，这可是个好梦呀！可我心里清楚，自己还是放不下三妹。

三妹小名叫拉儿子，大名叫秦秀荣。本来三妹在姊妹里排

2015年6月2日, 上海,
中雨, 22~27℃

晚上梦见天上有很多的鹤, 鹤一飞
就变成了云彩. 不大一会儿, 又看见了三妹, 跟活着的时候一样.

行老四，我大（爸）、我妈生了我姐和我，不想生下老三又是个女儿，就送人了，结果生下老四还是个女儿，就给起名叫"拉儿子"，意思是让拉来儿子了。谁想生下老五又是个女儿，就给起名叫"引儿子"。我母亲一连生了五个闺女，到老六才是儿子。送给人家的三妹也不幸，五岁就死了。按过去讲迷信的说法，我母亲犯的是五女星，生完五个女儿才生儿子。后来，家里就把老四排作老三，老五排作了老四。

三妹打小勤快，身体也好。小时候胖乎乎的，又有力气，八九岁就出去割草、砍柴火，在家做家务活。十来岁时，大队

让一个有点文化的人孙芪林给娃
娃们教文化。1957、1958 年那时
候,房子很紧缺,老师就在庆丰
三队一个很小的房间里给娃娃们
上课。老师地下站着讲,娃娃们
坐在炕上听。写字时,把书本垫
在底下,就放在膝盖上写。1959
年,教室搬到庆丰四队一个旧社
房里,垒了一些泥台台给娃娃们
写字,三妹在那里念了两三年书。

三妹念书时,老师就教一上
午,一个人教三个年级,娃娃倒
是不多。那时候,永丰有个学校,
各个年级是全的,但离家有十来
里路,大人不让去那么远念。再
说上完五、六年级,就得去公社
念中学。公社离家有十五里路,
要去就得住校,家里更不让去,
就没念。

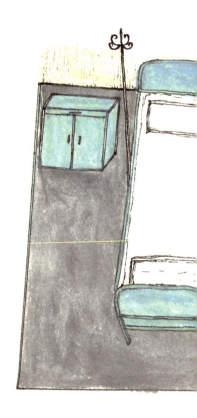

三妹在医院学打针、输液。技术很好，娃娃们很喜欢她。

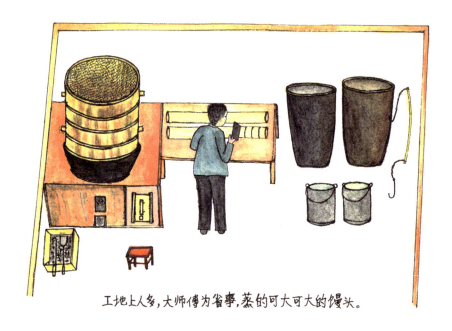

工地上人多，大师傅为省事，蒸的可大可大的馒头。

那个年代不像现在，那会儿年轻娃娃只要拿得动锄头，不管多大，就开始劳动了。三妹十四岁发个子，就有大人高了，跟大人干一样的活儿。有一年，国家号召，一个队要有一个"赤脚医生"，但要先去公社医院培训三个月，看看情况再定。三妹有点儿文化，队里就让她去了。在医院，三妹很快就学会打针、输液，小孩们还可喜欢让她给打针了，说她打针不疼。

　　学了三个月到期了，医院让有初中文化的留下来，剩下的
都回去。三妹文化少，没留下。她可喜欢这份工作了，回到村里，
也没人支持，就放弃了继续学医，最终没躲过吃苦受罪的命。

　　1966 年，五原县义和渠改道，队里劳力少，分下的工作干
不完，就派了四个女的，跟上男的去挖渠，我是其中一个。那
时三妹才十五岁，也被派上一起去了。

三妹才十五岁，就让去挖义和渠，差点累死。

中午在渠壕里吃饭，顿顿都是
开水馒头，三妹愁得盼赶紧
能挖完了。

测量

挖了十多天，三妹差点儿累死。
每天出工、收工两头不见阳婆（太阳），
中午就在渠壕里吃饭，大师傅把饭送
出来。顿顿都是开水馒头，连点咸菜
也没有，十多天没见过一点油花花，
工地验收要求很严，仪器测量，稍微
有点不平就得返工。我们四个女的，
手肿得早上起来弯不回来。最后实在
挖不动了，就盼着能交了工就好了。
另外两个闺女，一个叫刘巧莲，一个
叫王四花，都十七岁。

　　三妹十八岁那年，村子里有个男
的得了肾炎，快不行了，医生让输血
了，他家里没钱输。他叔伯哥是队长，
从医院叫来一辆车，把队里十几岁至
五十来岁的全拉上，给输血去了。人
家谁的血也配不上，就把三妹和队长
家二女儿的血配上了，她俩一人给输
了100cc。那时候，家里的生活不好，

队长从医院叫来一辆车,把三妹她们拉去配血型。

能吃饱肚子就不错了，喝碗红糖水也是缺的，去哪寻营养品，输完血，还得劳动。自那以后，三妹就落下个头昏的毛病。后来说起，那个男的说："你看你们救我做甚了？让我死了就对了。"

三妹有力气，干活能吃苦，从来不挑肥拣瘦。她的性格很随和，跟人共事也厚道，不管老少都能合得来。在队里，三妹年年被评模范。大家选她当妇女队长代出纳，一直干到结婚为止，也从没人说她赖。她就是不想在农村，最大的心愿是能进城里找一份工作，当个工人，要不，就找个城里有工作的对象。可是城里条件好的人家不找农村的，首先下户就是个问题，再说了，当时的政策规定，生下的小孩跟娘的户口走。那些歪瘤圪鞦（不端正）的，三妹还看不上。

等来等去，一晃眼，三妹二十四岁了，那个年代，农村二十三四年龄就够大的了。后来有人给介绍了一个亦工亦农的后生，就是一半队里给挣工分，一半挣工资，给队里顶民工，人在县农场教书，跟三妹同岁。

娶亲的时候，他们家开的大轿车来娶。方周围，三妹是第一个拿大轿车娶的。人们说，三妹找了一家好人家，弄这么个车了不容易呀！那时候，不管有多远，都是骑自行车了。

结婚以后，三妹在农业社劳动，妹夫还在县农场教书。生活过得不是很富裕，但是挺和美。改革开放了，妹夫考上了成人大学，三妹又供他上大学。妹夫大学毕业后，回他们村子里学校教书，也能帮三妹干点活，种点地，后来又升了教导主任，再往后，家里三个儿子也大了，二儿子还念了大学。

眼看苦日子就要熬出来了，三妹却得了尿毒症。刚开始，三妹是有毛病硬扛着，不去医院检查，怕花钱了。一说就是给儿子娶媳妇呀，供儿子上学呀，就是不去医院。直等病得吐白沫，吐得连饭也吃不进去，才去县医院看。回来还把门前种的一亩麦子割完。

这么要强的一个人，就是没有那个福气，追求了大半辈子的愿望也没能实现，没享一天福就走了。现在思谋起她来，觉得很可怜。三妹走的时候，虚岁才四十九。打落前那天晚上，送灯①的景象实在是让人难受了。

---

① 葬礼，家人以灯引死者的魂归来。

　七三年冬天聘三妹妹，那时候没有车，
人们都是骑自行车，三妹妹是周围第一个拿大班车来娶的，
人们看得好羡慕，说找了一家好人家。

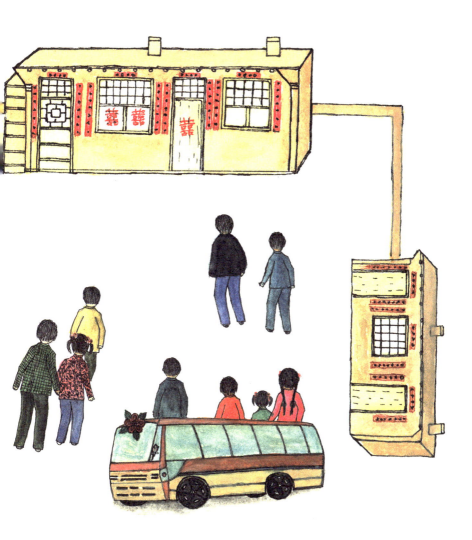

# 我姐

——

我们总共姊妹七个，五个姐妹，两个兄弟。

我姐比我大五岁，1942年出生，排行老大，小名叫改梅子，大名叫秦秀珍，因为长得白净，人们又叫她白女子。

1954年，国家大扫文盲，号召人人学文化，让年轻人上夜学。工作组给各家各户做动员工作，家里就让我姐也去上学。

我姐脑子聪明，上了一年，就跳到三年级，学校只有一至四年级，一个年级一个班，老师们夸奖，说她是全校学习最好的学生。五年级，我姐是去公社上的。我念书的时候，校长李广业老师还在给学生们讲，让大家向我姐学习。

我姐爱惜书本，
把作业本的边用
布包上。

叶兰女家娶媳妇，
车上搭的是我姐
的新婚被子。

村子里有个老婆叫叶兰女，五原县王善圪堵有个李旺全常来她家住，一住就是半个月，住在她家卖菜籽。不知咋的，李旺全瞅见我姐了，就让叶兰女给他侄子李润月介绍对象。刚开始，我妈、我大不答应。叶兰女整天就像养在我家了，蹲下不走，硬把我大、我妈说得答应了。我姐自己不同意，求我妈不要把她嫁出去，她要念书，我大、我妈让人家给灌上"迷魂汤"了，咋说也不行，硬把婚订了。从此以后，我们家就不如以前安稳了。我大、我妈经常嘀咕这件事。

李旺全跟我妈说，他侄儿子是他收养回来的，他会像亲儿子一样对待，他儿子有甚他有甚。侄儿媳妇也一样，他儿媳妇有甚她有甚。"亲家，你不要怕，我说话算话的。"

那时候最流行的就是姑娘嫁人要羊羔皮袄、狐皮领子、狐皮帽、裌衣。我姐十七岁那年冬天，李家要往回娶了，可是甚也没给拿来。李旺全说："亲家，不要怕。把日子订了，来娶时都给你拿上。"日子订在腊月十八。

　　腊月十六，介绍人叶兰女自家给大儿子秦锁娶媳妇了。娶时候用的是旧社会那种花轱辘车，套着一匹单马拉。娃娃们看见娶回来了，就跑去看，我也跑去了。我仔细端详了那辆车，后天娶我姐也用它。车顶棚上面搭的一条新花被子，紫红色的小圆坨坨花，我以为是车的装饰，可详细地看了看。

　　十八那天早上，娶亲的人来了我们家，我见车棚上还是搭的那条被子。弄了半天，那被子就是我姐的新婚被子。对方拿的皮袄、狐皮帽、裌衣都是旧的，裌衣领子上毛快磨光了。我妈看见要甚没甚，气得说不聘了。可终究还不是一句气话。

　　第二天我姐回门来，就穿着一件裌衣，帽子也不戴。我们问她，她才说，帽子、皮袄、裌衣，都是借的邻居千驹老婆的，一回去就拿走了，就给留下件裌衣。要按传统讲究，新婚时的东西破破烂烂，对我姐不吉利。

　　过了年，队里初儿就让我父亲挖二黄河去了，家里就剩下我妈、弟弟、妹妹和我。那时三妹才七八岁，大弟才三岁，我妈走不开，让我去叫我姐回家来过二月二。以前去五原，我都是跟上姐姐两个人去，这次一个人去，心里很害怕，一路头皮紧抓抓的，直怕遇上坏人。

　　好不容易到了，我姐不在。问他们家的人，说去亲戚家了。

左问右问，我才知道，原来娶我姐的时候，李旺全把他的房腾
出来，暂时让我姐他们住，李旺全和老婆去邻居家住。就在我
去的前儿天，李旺全一个三岁的儿子死了，他们也不出外面住
了，整天睡在炕上哭，我姐没地方住，就去了我们姓秦的一个
姐姐家。

这个姐姐刚生完小孩，正在坐月子，我们也不能住下不走，
怕打扰人家。姊妹俩商量，明天回哇，可是老天爷不长眼睛，
也不说照顾照顾我们，晚上偏偏给下了一场大雪。那场雪下得
可厚了，脚一踩一个坑，没走多远，人的脚就冻麻了。我们穿
的个小薄棉袄，不住地哆嗦，要不是有一队骑骆驼的好心人带
上我们，我俩一准就冻死在路上了。

回到家里，李家没一个人来看过我姐。开学了，我姐接着
去念书，赶到放假，李家才来寻我姐。那时候，李旺全他侄儿
在五原研究种子的试验场赶大车。1959 年，他们去了县农场，
也没房子，我姐又在塔儿湖念了一年农中。后来，农场盖了些
房子，他们才有自己的房住。不让念书了，我姐就开始劳动。
当时的县农场跟农村一样，也是人工种地，只是口粮按市民、
工人给，月月领现钱。

1962 年，我姐生下大儿子生生后，脖子上长起个瘤子来，

旅店

店老板

公路上白茫茫的一片雪，
正愁着怎么能走回去，两
个骑骆驼的好心人把
我们带着到家的路口。

我姐一直话少，不爱笑。

先只有指头肚大，后来越长越大。生生会爬了，正要着，突然就晕过去，我姐赶紧把他的手脚给窝曲回来，鼻子底下给扎个针，这才慢慢醒过来。可是隔一阵，就有这么一次，也没去医院给看究竟是甚病。

后来，生生会托住窗台挪动了。等我妈去看我姐，把娃娃抱起来让站，结果怎么也站不住。我姐说，娃娃前几天晕过去一次，就不往起站了。我妈回时，我姐也跟着回来。大人们一捏娃娃的腿，发现一条腿肉是紧的，一条腿肉是松的，赶紧让我姐带上去医院看。医生说是小儿麻痹，看得迟了，要是看得及时，说不定能好利索。

1965年腊月，我姐又生下女儿梅梅。生完梅梅，我姐的身体一直不好，经常胃疼，有时候疼得吃不成饭，脖子上那个瘤子长得有鹅蛋大了。锄地、割地，一弯腰就气短，去县医院看，

我姐看孩子

医生让做手术，把瘤子拿掉，就不影响了。可是这种手术县医院做不了，得去呼和浩特才行。1967年夏天，我姐打算割完麦子去呼市，先把娃娃给我妈送过来。梅梅当时有一岁半，能走会跑了。家里东边有片自留地，种的瓜菜，我姐背上梅梅过去看，突然一股大旋风，把娘俩旋在风里面。

第二天，娃娃就发高烧，叫来个大夫看，说是伤寒，给吃发的药，可越吃病得越厉害，娃娃也不吃饭，也不喝水，迷迷糊糊就睡觉。大夫还不让着风，六月天，门窗也不让开，家里热得就像火炉子。把孩子她爸寻来，她爸来了，也没说带上去医院，住了一晚上，就回去了。他走的第二天，娃娃就不会动了，拿那么大的针扎上，不省得疼，就头来回摆摆，全身软得像一团面。眼见这边大夫治不了，才又送去包头医院给看。在包头看了三个多月，能坐了，站不起来。

那时，正当"文化大革命"头几年。我姐从包头回来说，她在二来旺家住着，二来旺他们队是蔬菜社，每天去青山区卖菜，她就坐上卖菜车，去那里的南排医院给孩子扎针。有一天拉了一大车菜，她抱着孩子在上面坐着，走在半路，碰上四五个抢劫的，扔烂砖头和石头疙瘩打他们，打得马惊了，跑得把车倌也摔下去了。马跑得飞快，菜全掉在地上，抢劫的就是为捡这菜了。她和孩子在车上摔得滚来滚去，好歹没跌下去，要跌下去就摔死了。把她吓得魂也没了，直到迎头来了几辆车，几个车倌把惊马给拦住。娘俩命大，真是死里逃生，遇上好人相救。

1969 年，我姐生下二儿子军军。家里生活本来就不好，又要给娃娃看病。我姐想劳动挣点钱，可梅梅没人给看，四五岁了还站不起来，屙尿也得人把了。为挣点钱，我姐把别人家两个孩子带在家里照看，连自己家的，一个人带四个孩子。四个娃娃一会儿这个哭了，一会儿那个尿了，还要洗锅做饭打扫卫生喂猪。看一个孩子挣二毛钱，小孩家出一毛，农场给补一毛。这样，我姐也顾不得去医院，好好检查一下脖颈上的瘤子。

1972 年，我姐又生下三儿子永昌。1976 年又生了个儿子，产后十几天时，刚好赶上唐山大地震，我们这儿也震得厉害，我姐家的房子震得坯子摔在半炕，后墙裂开缝，幸亏没把人砸着。地震过后，我三妹妹把我姐背出外头，邻居们来了给搭了个帐篷住进去。第二天我去了，帐篷里又潮又热，根本睡不成觉。听年纪大的说，月子里可不要带下病，带下就是一辈子的害，不好治，我姐就又搬到党校住了两天。可党校不能做饭，做饭还得回来，不方便，只好收拾了另外一间房，顶着地震的危险，搬回来住。搬来搬去，大人还好，没落下甚大毛病，就是新生的那个孩子只长头，不长身子，不知道是咋回事。

1976 年，国家接连没了好几个领导人。这一年，老百姓过得也不安然。

我姐常跟我说："结了一回婚，要甚没甚，就给缝了件新腰子①，还让徐娥女先穿了，有点福气尽让人家占了，要不能

———
① 腰子，类似背心，一种贴身穿的衣服。

我姐晚上去地里看长工。

一辈子就遇这些倒霉事了？我的命好苦哇，世上再没有比我苦的人了。"

1976 年生的那个娃娃，养了四五年，没了。我姐让生活操磨的，也顾不上看自己的病。

后来，场里看见她实在，干甚事都心细，就让她当了保管员。怎么说也比大田地里的活清闲一些。孩子们也大了，我姐的精神也慢慢好起来。1980 年，包产到户了，县农场也把地分给各家各户，我姐家也分了些地，又把场里的旧东风汽车买下，结果也没甚营生，又养了些羊。

生生和梅梅先后成了家，军军考上了南京的一所大学，永昌上了高中，我姐还是拼命做营生。人们戏她说："别受苦了，把身体受坏呀。"她笑着说："我还指望供二儿子念出书来，坐上飞机回来接我了。"

后来，他们家又开垦了大几十亩荒地，买了一台四轮车，雇了个人跟他们种地。地离家有四五里远，我姐跟我说，有时候那个人开上四轮车走了，晚上十二点还不回来，她不放心，还得去看看。她是受的苦也重，操的心也多，脖颈上那个瘤子疼得直咬牙了。有个大夫说，那个瘤子全凭血养着，血一亏，瘤子就要发炎。看见她疼得，牙一呲一呲，不住气地拍炕，我们也没办法。我姐去医院输了两三天液，又熬过一劫。

1991 年，军军大学学的是水利，毕业后回来临河工作。可有才华的一个人，结果好几次，辛辛苦苦设计好的工程方案，被当官的拿给自家子弟顶名。军军在单位干了一年左右，就以进修的名义，去广东找出路。那两年，又遇上三儿子永昌下岗，我姐总担心他们的前途命运，休息不好，心情也不好，脖子上那个瘤子长得可快了，时间不长，长得有两个手掌大，从脖子上蹿到胸脯了。

我和三妹、五妹去看她，她坐在大门口碳仓子上，不理我们。我们问她，她也不跟我们说话，一只手托着那个瘤子，嘴里不停地念叨："这是甚东西了，缠上我没完了，一天就害我了。"要么就在床上睡觉。人们说，那么好的一个人，成了这样。

再往后，脖子上的瘤子越来越恶化，整个人也越来越不好，军军赶紧张罗着给看。1996 年夏天，军军联系了北京最好的肿瘤医院，生生和永昌领她上去做手术。秋天回来，我姐跟我说，大夫说早要是割，像挑刺一样就割掉了，不用费这么大劲。那次手术做得非常好，钱也花得多，除了正份医疗费，另外给大夫送了些。军军不放心，从广东回来，在跟前招护（照顾）了一年来时间，看见恢复得挺好，就带上他媳妇，又去厦门发展。

北京看病回来，我姐他们把地退给农场，交足社保金，就搬到临河住，军军在临河给他们买了房。开始住的是平房，用土炉子做饭，自己想吃点甚做点甚。后来住进一栋楼房，里面没通煤气，改用电磁炉子，她就不做饭了。我估计是她不敢用电磁炉子，好多老年人不会用电磁炉，煤气罐她更是用不来。

我姐一直就胆小，连自行车也不会骑。她以前就不爱串门子，不爱跟人说闲话，现在老了，更不爱出去了。前几年，老有点气短，还有一阵，脚疼得厉害，又肿，走路一拐一拐。我让她家老头子给看一看，老头子说，活得年岁多了，零件不好了，迟早不得死。孩子们给送去医院，医生让住院治疗，才好起来。

中间这些年，二儿子接去厦门住过一阵，我姐不习惯，又回来临河。在临河还住过两回养老院，又都出来了。也回县农场住过一次。

现在我姐仍旧在临河。她老头子以前开过解放车，如今便宜买了个小电动汽车，时不时搬上我姐四处转转，看看黄河，挖挖苦菜，好歹能散散心。就是她越来越瘦，嗓子也哑得厉害了。

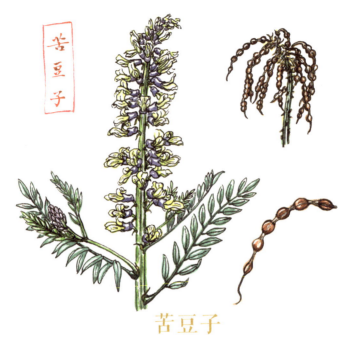

苦豆子

*Sophora alopecuroides* L.

　　沙化的盐碱地里，生长着一种叫作"苦豆子"的豆科植物，河套人称其为"苦豆根"。素雅清新的花开罢，会结出极其苦涩、寒凉的果实。念珠状的果荚探向大地，仿佛有无数心事想要倾吐。苦豆子不像甘草那样，尚有甘甜的根，它的根，也极为清苦、寒凉。秦秀青年轻时，样子娟秀、美好，性情安静、温和，但人生世事的种种逼迫，却叫她无法承受，只二十几岁便坠入疯癫，并于四十八岁时去世。因精神抑郁而至心智失常的秦秀青，是一枚人间的"苦豆子"。

三妹妹和四妹妹就像双胞胎

# 我的四妹妹

一

过年时候，孩子们翻拍了些老照片，发在微信上。我们姊妹几个都在相片上了，除了四妹妹。我忽然觉见有些难受，也说不清是因为甚。那么好的一个人，如今却跟从没来过这个世界一样，再也不被人提起。

我四妹妹小时候，是个精吉伶俐、善良的小女孩，长得又俊，就是生下来有个六指指，长在右手大拇指上，可怕人看了。村里人知道她怕看了，没人故意看。1968 年知识青年下放，知道她长了个六指指，就追上看，吓得她劳动歇下来不敢在人群跟前坐，离人远远的，一个人蹲着，头上拢的个褂子。

四妹右大拇指上长了个六指指,她就怕人看了.六八把袄拢在头上.

纳鞋底

些知识青年追上看了，吓得她远远地一个人坐着，

　　有些知青，不管甚事情，老觉得稀罕得不行，非要看看，有的老年人说，城里头长大的娃娃，连麦子、韭菜也认不得，不知弄来做甚了。

　　可在大集体，人们常在一块干活，你躲了这阵，躲不了那阵，四妹妹那时十四五岁，是个要强的姑娘，因为这事，常气得哭鼻子。家里人思来想去，唯一办法，是做手术把它拿掉，最终，三妹带四妹去了医院。四妹高兴得不得了，再也不怕人看她的手了。

　　有一年，国家号召在各个小队办幼儿园，队里有文化的人可少了，四妹念过三年大队的民办小学，在村子里还算是有文化的了，其他跟她大小差不多的孩子，连校门也没进过，队里就让她当老师了。四妹很喜欢这个工作，也爱跟娃娃们在一起。她把所有的心思都放在教书上，想方设法跟娃娃们处好关系，带他们玩耍时，她也跟小孩子一样，又蹦又跳，四妹还带学生们锻炼开地，学习劳动技能，连那些爱调皮捣蛋的孩子，也能听进她说的话了。

　　大队有个小学至初中的学校，老师是从各小队抽的一些人，都得经过大小队干部同意才行了。后来，大队把小队的幼儿园也收回去了，四妹就跟上去大队教书了。

　　大队教师基本上都是民办教师，就上午给学生上半天课，下午不上课，要参加集体劳动，为给家里多挣点工分。晚上一有时间，四妹就拿起书本学习，想把教书这条路一直走下去，可结果还是没能如愿。

有一次，我跟秦锁相好的闹下点意见，再加上其他事情，就把秦锁得罪了。秦锁是大队队长，又是小队政治队长，寻个借口，就不让四妹教书了。

四妹很伤心。她一直想多学点知识，多长点文化，要是能有个机会，她也想离开农村，往更好的地方去。

那个年代，人们干上一年工，队里穷得不给分一分钱。农村也不发粮票，去城里办点事，当时要是回不来，就得拿上吃的，因为去食堂（那时饭店叫食堂）买个馒头，也得用粮票，没粮票不卖给。

其他买甚也都要票。可是在农村，一个人一年才给六尺布票，五两棉花票，五钱（半两）线票。六尺布票，个儿高的人做一个衣裳也不够。我们有个邻居叫二双全，个子小，又瘦，跟人耍笑的时候，他力气小，连女人也劲不上，人们笑话他，村里的老安全（人名）说，那还要看做甚了，人家二双全穿衣裳少用布的了，睡觉少占地方的了。说得人失笑了。

当时农村流行一句串话，说闺女们找对象是，"一军二干

四妹在小队里当上了民办幼儿园的老师，
娃娃们很喜欢她。

队里开会的俱乐部

三工人，死也不找庄户人"。四妹不想在农村，又教不成书，出不去。一家人就想给她找个城里的对象。

那时候队里枭粮卖甜菜都是去刘召镇，杨广忠是小队会计，一次去刘召粮库结账，碰见他的同学杜有文，在粮库上班了。叨拉起来一说地方，才知道杜有文跟我妈是亲戚。杨广忠回来就跟我说，粮库有我一个舅舅。

这样儿，杜有文跟我们才走动起来，认上了亲戚，我妈就托他，让给四妹在城里打探个对象。

<h2 style="text-align:center">二</h2>

隔了很久，杜有文来了说，粮库有一家人家，老汉在粮库上班，小子在千里山上班，开车的，还没转正，跟四妹同岁。我妈说，先看看这个后生人咋样。过了几天，杜有文领着后生来了，我们看见还行了，不是那种歪瓜裂枣的长相，他俩本人也没意见，就定了。

正式喝酒定亲的那天，家里摆宴请客。秦锁是个吃百家饭的，谁家有个婚姻喜事，包括过年杀猪，必须得请他，秦锁还有个结拜，叫老天喜，时常相跟着。我大我妈软弱，生怕把他俩惹下了，就都请上了。后生家来人时，开的是东风车，在我们村子里，这是第一次，又是市民。

四妹找了个婆家，是城市户口。
订婚那天，男方家开了个东风车。

打婚喝酒，队长秦锁把桌
子翻了，碗也打烂了。这是不吉利的

秦锁因为跟我有仇，对我们全家也怀恨在心，看见这种场面，眼红得不行。正上饭呀，秦锁借着酒劲，一揭锅盖，把碗给扣在锅里，还伙同上老天喜，把桌子给翻了，盘碗也打烂了，菜溅得到处都是，可不是个好兆头。

喝完酒，四妹跟男朋友领了结婚证。四妹和男朋友商量好，两个人一入了党，就典礼。那时候入党很重要，一说是党员，可光荣了，对前途也好。这期间，婆家每到过节，就把四妹往城里叫，换冬衣夏衣时也叫，态度挺好。

问题是，四妹写了多少入党申请书，秦锁就是卡住不让过。四妹是个要强的人，觉得入不了党没面子，经常气得哭鼻子。而且是跟男朋友许下的诺言，实现不了，男方也不提叙典礼的事。去大队找蹲点干部，也没用，蹲点干部就是个样子，他又不主事。

后来，四妹的男朋友先入了党，工作也转正了。有一天，我妈跟我说，阴历二月种麦子的时候，四妹的男朋友来过，说要典礼了，四妹那天劳动，不在家。我妈问他，典礼的东西都准备好了？他说他甚也不准备。当时他穿着一件白茬子皮袄，劳动布裤子，他说他典礼就这身衣裳。我妈说，你穿这身衣裳不怕人笑话，我还怕人笑话了。他说他没别的衣裳，气汹汹地走了，出了门外，丢下一句话，说他就来这一回，再不来第二回。

这事我妈跟四妹说过，四妹跟我妈吵了一架，嫌她管事了。

从那以后，四妹就越来越闷闷不乐，有时候跟丢了魂似的，话也少了，我妈跟我说，有一天，四妹在地里干活，中午人们都收工回家了，就她一个人在荒滩里坐着，不回来。

九月份秋收忙完，有一天下午，那个后生和他父亲，还有另外一个人，来退婚来了。人家来退婚了，问四妹话，她甚也不说，就是笑嘻嘻的。我把她叫出外头给她教，就说她不退婚，她光是笑，不说话。人家走了，再也没来。

那时候大后套的乡俗是，只有典了礼，才算正式把婚事办了，光领结婚证，一说起来，不过就是个纸片片，年轻人领了证，也不让同居，主要讲究典礼了。

就这么一来二去，四妹精神上承受不住，就发了病。

有病了再往男方家送，男方坚决不要，人家托了人，法庭判的是男方不同意，就得离。后来没办法，我妈在离婚书上给签了字。

## 三

四妹刚得病的时候，有时候迷糊，有时候清楚，也不是很厉害。几年后，我父亲得了半身不遂，不能劳动，没人挣工分，连口粮也分不回来。家里生活不好过，也没钱给四妹看病。有人说我母亲，看你家老汉半身不遂不能劳动，四女子又是个疯子，好人家谁愿意找（娶）她了？现在你就别管好赖，有人要就赶紧往出找（嫁）哇，要不你两个儿子找媳妇也不好找了。

后来，有人来说亲，我父母就答应了。头天答应，第二天男方的姐夫就来领四妹去他们家。四妹蹲在炕上死活不走，就哭就说：我不嫁，我不嫁。众人硬乖哄让走了，四妹就呜里哇啦地乱说，像说蒙语一样，听不懂是甚意思。男方姐夫又乖哄了大半天，最终把四妹带走了。

出嫁后，四妹生了一个儿子，病还是时好时坏。清醒的时候，老念着以前那个后生，还问我妈那个后生找下对象没，有

冬天，往地里拉沙子，没有粪肥，拉沙子顶肥料。
牛也很聪明，不管走哪，走一回就记住了。

时候见了别人，也问。她人一清醒点，就觉见第二个丈夫各方面不称她的心。

再往后，四妹病得厉害了，他们家把她送在呼市精神医院，住了半年多，看得好转些，她回来说，别的病人经常有人去看了，就她没人去看。

从呼市回来一年多，四妹又生了二儿子。我去看她，发现她精神状况又不太好，背靠墙坐在炕上，怀里抱着孩子前后摇，不停地说，二兵乖，二兵乖，她二儿子小名叫二兵，孩子睡着了，她还是这么说。我问她话，她也不跟我说。

有天晚上，我忽然梦见四妹浑身赤不溜，一丝不挂的，也不知是在哪了。第二天上午，她婆家来寻我妈，说四妹让村子里一个光棍给强奸了。

那以后，她的病就越来越厉害，最后连衣服也不肯穿。她婆家的人说穿不成衣服，穿上就往烂撕了。他们把四妹圈在一个小房子里，门窗全堵上，怕外人看了。吃饭给送进去，又不让吃得太饱，嫌她吃得多屙尿也多了。她婆婆活的时候，房子里给盘了一个小炕，冬天给熏点火，她婆婆死了一年多，她也死了。

四妹活的时候我去看她，身子已经括挛（蜷缩变形）了，站不起来。

四妹死的时候，虚岁四十八，她的大名叫秦秀青，小名叫引儿子。

# 西伯利亚远志

*Polygala sibirica* L.

　　河套一带的阴山南坡，常年干旱少雨，草木荒芜。可在断崖碎石间，却生长着一种俊秀的植物——西伯利亚远志。远志亦是一味著名的中药，因有安神益智的作用，故得"远志"之名。远志在山石缝间求生长，其枝条细长、柔韧，极力伸向远方，花期过后，枝上结出纤小蒴果。遗憾的是，因条件所限，远志的种子只被撒播于近旁碎石间，无从去得更远。秦俊义少时即有远志，并在中国高考恢复的头两年考取中专，成为村里走出去的第一位读书人。可是，走进城市的秦俊义最终被现实的尘土滞留，而人间灰暗的尘土，绝不比断崖碎石更滋养生命。

# 大弟弟的奋斗

——

　　大弟弟名叫秦俊义，小名俊儿子，村子里的人都叫他大俊。1956 年出生，在我们家排行老六，我母亲生完五个女儿，才生下大弟弟。没生下大弟弟时，人们笑话我母亲，说："灰土打不得墙，闺女养不得娘。"意思是说，儿子能防老，闺女一聘就是外人，父母老了没人养。

　　生下大弟弟，父母高兴得不得了。我和姐姐、妹妹们也高兴，再没人敢笑话我们了。到了满月，父母请来村里的人，给大弟弟过满月。

　　大弟弟很聪明，父母希望他攻书念字，长大了好出人头地，

能脱离农村，过城市生活。等自己老了，也能跟上儿子享两天
清福，过两天好日子。

可不巧，大弟弟上初中，"文化大革命"就开始了。初中
毕业了不让考高中，让劳动锻炼两年再考。等劳动满两年了，
准备上高中，又赶上搞推荐。那时候，正是张铁生交白卷上大
学的高潮期，根本不看成绩，在农村，只有队长推荐了才能上。
可是，要是跟队长关系不好，
不会溜沟子、拍马屁，队长
是不会让上的。大弟弟脾气
倔，死也见不得溜沟子、拍
马屁的人，又遇上队长心术
不正，和我家有意见，死活
卡住，不让他上高中。

那时候连个字台也没有，
大弟在炕上学习。

好在当时还有个规定，
高中升学考试分数排在县里
的前三名，由教育局直接录
取，不需要推荐。大弟弟去
参加考试，考了全县第一，
总算是被录取了。

大弟弟念书的时候，学校里一天搞批斗，老师也不给好好教，全靠自学了。学生又是当红卫兵，又是造反，大弟弟从来不参加这些活动，有点时间就学习。可是没想到，等高中毕业，国家又不让高考了，大弟弟只好回家劳动。白天劳动，晚上学习，一学学到大半夜。大弟弟从来不出去串门子，说闲话。人家开斗争大会，今天批了明天斗，他连会也不参加。

父母原打算让儿子念出书来有工作，找对象也好找，又省钱，现在书也白念了，这么多年的辛苦全白费了。念来念去还不是种地，这是图了个甚？！父亲的担子更重了，压得喘不过气来。家里要甚没甚，整天愁拿什么给大弟弟和二弟弟娶媳妇。那个时候，娶媳妇人家要三大件，自行车、缝纫机、手表，还不算其他东西，可是农业社一年到头不分红，家里哪有买这些东西的票了。

父亲的心情越来越沉重，后来中了风，落下个半身不遂。有一天，人们吼喊，中央下来文件，让学生恢复高考了。父亲听见，高兴得不得了，拄着棍子去问队长，队长说是真的。一家人喜出望外，天天盼着公布考试日期。

考试时间下来了，大弟弟走的时候，母亲给烙了些糖烙饼带着，为了省点买吃的钱。等考完，一家人又盼着结果下来，天天等通知。

1977年.高考恢复了,
大弟弟考上了,一家人高
兴得请来亲戚朋友
给祝贺,杀羊摆酒席。

杀羊

　　通知书下来了，大弟弟考上了中专！家里人高兴得给操办酒席庆贺，杀羊，又买烟酒，请亲戚朋友们来给祝贺。那天，人们说，咱们村子里也出了人才了，整个村子就大俊一个考上了。人家大俊一直爱学习，脑子也好，要不人家能考上？这下大俊脱离咱们农村，再不用受苦了！

　　众人正忙活着，突然听见汽车响，一看，一辆解放牌汽车停在大门口。从车上下来个人，原来是杨广忠。杨广忠以前跟我们是一个公社，后来有人介绍到我们队来，在村里住过十多年。杨广忠有文化，有技术，他来到队里，就让他当了会计。杨广忠学过机械，队里买来加工米面的机器，没人会弄，也是他给弄。七几年的时候，没等恢复高考，他就到宁夏石嘴山大武口工作去了。那天他是去呼和浩特，正好路过庆生五队，他就打听大俊考了没有。五队的人给他说，大俊考上了，今天正庆贺了。他说他听见很高兴，就来看看。

　　看见他来了，人们也很高兴。他说："大俊

那么爱学，又学得好，好不容易有这么个机会，不考就可惜了。"
念大学也是他一直以来的梦想，那时候，有多少人想去城里，
可没有个扛硬的门子（后门），根本走不了。

　　考上了，一家人当然高兴，可是又愁去哪弄学费。当时卖
了一口猪，七凑八凑把学费凑够了。父亲不能劳动，是干着急，
病越来越严重。大弟弟毕业那年秋天，父亲已经卧炕不起，话
也不会说，脑子也傻了，在炕上躺了半年多就去世了。

　　当时大弟弟刚上班不久，父亲去世，家里瞒着没告诉他，
母亲不让告诉他，怕他回来花路费。大弟弟在赤峰巴林右旗气
象局上班了，离家路程远，刚上班工资也不高。大姐夫说，大
俊的专业没选好，气象局是清水衙门，谁还管那刮风下雨了，
那些单位没人巴结。看那工商呀，税务呀，可有人巴结了，那
些人才是肥油蛋。走在哪，也得吃喝点，多不吃，少也得吃喝点。
说到底，是社会不重视。

　　八十年代的时候，大弟的心劲儿可足了。1987 年，他又脱
产去南京气象学院进修了两年半。当时大姐的二儿子军军考上
河海大学，也要去南京，家里让军军提前跟他大舅写信，军军说，
不用，我到了直接去找他，给他一个惊喜！那时候，在一群外甥、
侄儿心里，大弟可是一个好榜样。

以前农村不重视天气预报，爱刮风了，爱下雨了，人们说，那是天公的事，谁能管得了，气象局哪能测出来了，天气预报人们也不听。有一年夏天下大雨，下得遭灾了，有人让我二弟弟去问他哥，天气预报到底准不准。我二弟跟他们说，大部分是准的。

从大弟毕业到巴林右旗工作再到他结婚，我一直没去过他们家，不知道他们家门朝哪里开着。母亲在世的时候他经常回来，我和母亲在一个村子里，也能见到他了。2002年，母亲去世，大弟那时正忙得厉害，到母亲去世后第三天才赶回家。那以后，我们再没见面，就过年时电话里问候问候，各自的详细情况叨拉得少。说起来，我总感觉大弟的心思挺重，有些难处不跟我们说。

我老想着不知大弟在那里过得怎么样，巴林右旗不知是好赖的个地方。2010年，我和孩子们说，想去看看你们大舅，孩子们说，想去就去吧。我给大弟打电话，大弟问我是一个人去，还是有人陪我去，他怕我一个人寻不见。

到了夏天，外孙王杰放了暑假，我就跟上两个女儿和王杰一起坐火车去了巴林右旗。

一下车，看见大弟和他儿子小轩在站台上等着了。大弟说，

他和儿子四点多就起来到车站接我们，
结果火车晚点了。到了家门口，弟妹
早站在门口瞭我们了，我们和弟妹也
快二十年没见，见了面高兴得不知该
说甚。进家一看，弟妹给做了一桌子
好吃的。在大弟家住了七八天，我们
要回了，他们让再住几天，我们说家
里也忙，有时间再来。

　　这次见面，看大弟一家平平安安，
我大体上就放心了。但是听弟妹叨拉，
大弟在单位一直不咋如意，他还是年轻
时的性格，不爱溜沟拍马跑关系。他那
么早考学出来，最后还是被这世道和生
活给捆住了。唉！

　　从那以后，我们又再没见过面，眨
眼十来年了。2010 年去的时候，大弟
还在上班，前两年已经退休了。我问他，
退休后干甚了？他说，每天上午出去锻
炼锻炼，下午再出去走走，回来做点家
务，没啥事。

大弟考在内蒙古气象
学校,家里往车站送,
父母站在大门外瞭着.

这是我大弟弟在巴林右旗的家。

炭仓

引火木头

凉房

木头箱里种茄子

正房

櫻桃樹

南房

# 苘麻

*Abutilon theophrasti* Medicus

　　锦葵科的苘麻喜欢长在田野里，渠陂上、瓜地旁，到处可见它的身影，后套人又叫它"青麻"。苘麻的叶子长相平实，很不起眼，因此要到七八月间，待其艳丽的花朵次第绽放，人们才惊觉，原来田野上生了那么多苘麻。苘麻的果实呈半球形，富有艺术气息，可谓大自然赐予人类的礼物。中秋时，人们采来成熟的苘麻蒴果当印花模具，将它奇特、美丽的花纹印在月饼上，作为朴素的装点。在村里，秦凤义是一个读过书的"老农民"，但他于现实泥淖间不沉沦。他不但会刻月饼模子，会画画、写毛笔字，还用心学习农技，同时用心培养小孩，并始终保持着自己的某种心性。这是值得人们像看见苘麻一样重新看见的人。

# 二弟

## 一

　　二弟大名叫秦凤义，小名叫二俊，1959 年出生。他念书的时候，正赶上"文化大革命"，老师也不给好好教，全靠自学。二弟念高中的时候，家里生活最困难。学校的饭票要靠学生自己拿粮食去换，二弟没粮食，就领不上饭票。偶尔能有粮食换点粮票，每顿只敢花二三两的票，光够买一个窝窝头，或者一碗米饭。他说，一个窝窝头吃不饱，吃饭前先喝水，喝饱了再吃。

　　条件虽然艰苦，但二弟性体好学，他不光念课本，还练毛笔字，学画画，学修锁子、配钥匙。他给一个钉鞋匠画了好多鞋样子，每年过年给村子里的人写对联。

大弟二弟毛笔字都写得好,过年人们就让大弟给写对联,大弟去呼市念书了,又让二弟给写。

　　高中毕业那年,国家不允许考大学,二弟就回来参加劳动。1978 年,队里会计去外面工作了,队里没会计,就选他当。当会计时,他给记账,核算收入和开销。队里掌权的是队长,队长拿上社员的钱吃喝玩乐,二弟看不惯,干了两三年就不干了。后来恢复高考,我大弟考上中专走了,二弟报考的是大专,分数不够,没考上。那时候,我父亲半身不遂已经三四年,家里没有劳动力，他就再也没考，就是考上了，也没人供他上学。

　　八○年包产到户，人们自由了，二弟夏天地里忙，冬天就自学画画。那时候，女孩子间最流行的是墩花，墩门帘、墩被单，就是用墩线的方法，把花样绣到布上。我家大女儿红梅就拿上布，让她二舅给画画。二弟给她门帘上画的是喜鹊登梅，被单上画的是松鹤。白的确良面料，加上红梅手巧，线搭配得也好，墩出来真好看，谁见谁爱。

大女儿垛花，二弟给画的松鹤花样

凤头百灵不像其他鸟一样成群结对，它单独在草地上觅食，繁殖在地面营巢。

　　二弟还爱研究一些东西，怎么种地，怎么管理，怎么治土壤病虫害。地膜刚出来的时候，人们不适应，队里没人铺。他就跑来问我："二姐，今年种糖菜，我想铺地膜。你铺不铺？"我说："你铺我就铺。先少铺点，看看行不行。"我们两家合买了一卷地膜，他铺了一亩多，我铺了一亩来的，剩下一米多宽的地，膜用完了，就没铺。

荒滩里有百灵鸟
人们可喜欢听
百灵鸟叫了。

村里二弟是第一个铺地膜的，
我跟着也铺了一亩来地.村里的人都站在跟前看了。

二弟是个细心人，每天把一些要紧的事记下来，在地里干活也要观察昆虫。他说蜜蜂不危害庄稼，蝴蝶好看，幼虫危害庄稼了。

　　种进糖菜籽，铺地膜的地方，芽芽上来了，没铺地膜的地方，芽芽上不来，等大约过了十来天才长出来，长得也慢，大小差不多错一半。到了第二年，种糖菜和籽瓜，队里就没有不铺地膜的人家了，家家户户都铺。

　　他又自学考了农技师，给县植保站研究病虫害和土壤病菌防治。九几年的时候，植保站让他去俄罗斯搞塑料大棚种植，他没去。家里有老人和老婆孩子，没人照顾不行。回想起来真是可惜，当时他放弃了这个机会，不能去实现自己的理想，多少年的心血都白费了。

　　队里的人看他干甚事都实在，想选他当队长。他说，村子里的风气不好，谁当队长都是维缩（收买）一些人选上的。当上了，趁着有权

二弟用机器打葵花。

吃喝，上头（乡里头）来了人，更是大吃大喝，花下钱肯定不自己拿，还不是贪社员的。上头那些人也吃喝惯了，不给吃喝办不了事，要是自己当了队长，一次两次自己掏行了，次数多了咱也贴不起。要是贪社员的，也跟他们没什么两样。再说，咱也不爱那种吃喝玩乐的场合。所以说，咱也不想当，谁爱当谁当去。

平时，二弟自学来的手艺经常能派上用场。农村的房子都是自己盖，二弟家盖新房的时候，就没请别人给设计，全是按他画的图纸盖，接电线、装灯也都是自己弄。家具也是自己油漆，柜子上用美术体写"北京""上海"和拼音，橱壁上画着松鹤延年图。自从接上自来水，他又在院子里开了菜地，种的各种各样的蔬菜吃不了，有时候还送人呢。院子里，顺着窗户种着一排蜀葵，夏天一开花，可好看了。

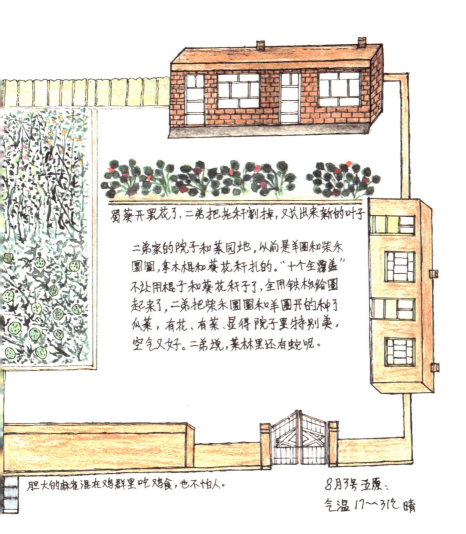

蜀葵开罢花了，二弟把花秆割掉，又长出来新的叶子

二弟家的院子和菜园地，从前是羊圈和柴禾围圈，拿木棍和葵花秆扎的。"十个全覆盖"不让用棍子和葵花秆子了，全用铁板给围起来了，二弟把柴禾围圈和羊圈开的种了瓜菜，有花、有菜、显得院子里特别美，空气又好。二弟说，菜林里还有蛇呢。

胆大的麻雀混在鸡群里吃鸡食，也不怕人。

8月3号五原：
气温17～31℃晴

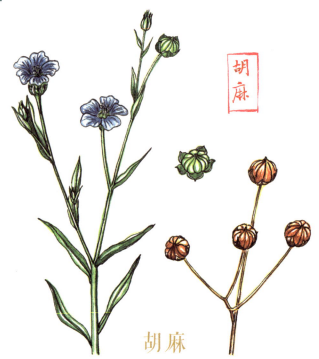

胡麻

*Heloniopsis umbellata* Baker

　　胡麻是一种油用型亚麻，从地中海地区引入中国，已有上千年历史。夏天，成千上万朵纤小却秀丽的淡蓝色花朵在田间绽放，汇成一片蓝色的海洋。秋天，一个个小小的金色球形蒴果成熟了，富含油脂的种子榨出浓醇的胡麻油，香气飘散于河套平原的大地上。河套大地养育了胡麻，胡麻则用一枚枚小小的果实、一粒粒小小的种子，滋养着本地和远方的人。秦秀平虽因高考失利，留在了农村，日子过得并不十分如意。但她和世上无数普通人一样，是以自己的寻常生活，托举着社会和时代。而她至今保有的简单、纯朴心性，将来很可能会成为一种值得所有人珍视的精神湿地。

# 我的五妹

——

    五妹叫秦秀平，出生在"文革"那年，是我们姊妹几个中最小的。她刚上高中的时候，我父亲就去世了。五妹学习成绩一直不错，可惜没考上大学，那会儿上大学真是难了。后来，五妹在沙河公社旭日大队当了两三年民办教师，结婚以后，又调回荣誉大队，就是她婆家所在的"韩油房"。

    五妹结婚的时候，包产到户将近十年了。"韩油房"的地不多，她嫁过去，自己名下没地。和公婆分家的时候，婆家给了十多亩地，自己又开了点，拢共是十几亩。当时农副产品不值钱，给民办教师的工资也少，五妹心情不好，弄得身体也不好，

又要照看小孩，就把教书的工作
辞了。后来，五妹家包了别人的
十几亩地，又省吃俭用买了辆四
轮车，有了四轮车，干甚也方便，
加上种的地多，生活渐渐好了些。

　　五妹性格单纯，说话直来直
去，不会拐弯，也不爱传人闲话。
五妹做事情不耍心眼，不喜欢跟
那些诡计多端的人来往。她平时
爱一个人待着，除非干活跟人们
在一块，但也不往人堆跟前凑。
可这样一来，她把自己也给封闭
住了。

　　因为自己的人生梦想没实现，
五妹就把所有的希望寄托在儿子
身上。如今，儿子早已经念完大学，
工作了，五妹又想着帮儿子买房、
买车，惦记着给儿子娶媳妇。每
次见面，总不见她眉头有个喜色。

五妹、五妹夫在农村生活，
小院种的苹果梨、杏、枣
和榆树。

冬天闲下的时候，五妹就在家里做自然笔记。

　　2013 年夏天，永林和东莉从上海回来，我带他们去看他五姨。大家叨拉起念书的事情，五妹说，当年一心想考个大学，可惜差几分没考上，大概就是这个命吧。永林和东莉怕她老想些不开心的事情，伤身体，就劝她有空的时候，还是学点东西，至少能转移个注意力。五妹说，现在劳动、打工没时间，也没有心思学，再说学了又有甚用，还不就是劳动的命！永林和东莉说，要是不动脑子，以前学了的东西都会忘了。要么你也跟我们一起，做一做自然笔记哇，平时画画田野里的大自然，冬天闲下来，再写写你种地、打工的经历，还有农民的酸甜苦辣。五妹摇头说，我画得不好看，怕人笑话了。我说，自然笔记不用画得多好，画得不好也没事，就顶如玩了。

　　实际上，五妹的手可巧了。自己用白布做的被罩，拿五颜六色的布补上花，可好看了。还拿各种花布块拼砌成小枕头，放在床上，枕上又方便，又舒服。每年自己种的蔬菜和玫瑰花，拿来做番茄酱、辣椒酱和玫瑰酱，味道比卖的还香，还是纯天然的。五妹也喜欢自然，他们家院子里栽了梨树、杏树、枣树和葡萄，院子外面也都是树，加上野生的芨芨草、红柳、白刺，院里院外，花草树木衬着蓝天白云，风景真好。

　　在我们的劝说下，2014年春天，五妹开始做自然笔记了。她们那儿的生态比城里头好，有好多昆虫，好多鸟，看见了，她就拍下来，空闲了，再画下来。五妹夫也支持她做自然笔记，经常帮她拍一些照片，让她画。她们家院子里有块小菜地，西红柿熟了，刺猬比他们还吃先，她们见了，也从来不伤害。慢慢地，五妹的自然笔记作品越攒越多。2015年，我的第一本书《胡麻的天空》正式出版，里面就收了五妹的几篇作品。今年春天，五妹还和东莉合作出版了"自然笔记丛书"里的一本，她们的书名取得挺好：
《和大自然做游戏》。这本书
教大人、娃娃们到大自然里玩
游戏。这样，五妹也算收入两
笔稿费，不过在生活上，这点
稿费也解决不了甚大问题。

　　五妹住得离县城近，也就
是十来公里。她们家的地，连
包的人家的地，全让政府征去
开发旅游区了。刚开始征去的
地，一亩给了八百块钱，后来
才一亩给六百块。五妹说，就
这么点钱根本生活不了，夫妻
两个就出去打工。打工是每天
吃不上现饭，早上、中午来不
及煮饭，就晚上煮下，中午热
着吃。每天晚上十二点多睡觉，
早上四点多就得起床，起来又
要饮喂牲口，又要收拾家，又

五妹从学做自然笔记之后，经常带上手机去拍照，照着照片做自然笔记。

2015年10月. 我家院里
鸽子假借狗的威风.
巧妙避开了猫的追捕

2015年9月
枣枝有刺. 枣儿矩圆形. 长约2~3cm
由浅绿色慢慢变成紫褐色. 熟后深紫色
味甜.

2015年10月21日.
鸡把嘴支在水管口处的
水注上喝水.

· 五妹秦秀平的作品 ·

怕迟了，一天往死忙了。打工稍微迟去点，老板就骂，不像给自己干，迟就迟点，自由。给人家干，受监视的了，稍微站起来展展腰，人家倒喊开了。

五妹现在常跟我们叨拉说："怨不得妈妈那会儿说，越活越麻烦。唉！真就是越活越麻烦了！"

五妹又打工，又要喂猪喂鸡，
一天忙个不停。

·五妹秦秀平的作品·

# 普通人的戏剧

吕永林

一

2019 年起，母亲开始为自己的亲人作传。她一篇一篇地写，我一篇一篇地读。在文字中，亲人们从四处站起身来，一个个走向我们，往生的，今世的。我看见自己也从母亲笔下走过来，感觉很奇妙。

若非如此，我可能永远不知道，姥爷居然有一个这么古典的名字——"秦子元"。1981 年，我开始记事，爷爷那时常带我去村南头的自留地里溜达，有一次，他抠起地里的一小块新土，放进嘴里品尝，这给我带来极大困惑，我想，土多难吃啊！这个细节，也成了我能从记忆之渠里捞上来的最早的一条鱼。就在那一年，姥爷秦子元中风倒在炕上，从此连话也说不出，熬了半年多，便去世了。一个从未从炕上起过身，只能用含糊不清的哼哼声表达意愿的人，是姥爷留给我的原始印象。

母亲的书写无疑"复活"了姥爷，也帮助我超越从前的无知。原来那个躺在炕上不能动弹的人，内心是何等丰富、细腻、敏感，他跟莫言笔下的单干户"蓝脸"很像，勤勉，本分，与人为善，心思单纯，却为时代所不容。令人哀伤的是，姥爷比"蓝脸"软弱，他很少跟世界相争、相抗，因此便苦了自己和家人。这个曾在五原城里当过粉匠的农民，骨子里住着一个老老实实的小手工业者。我猜，姥爷生前的潜意识里，肯定是想做一块干净自在的泥土，或一股清澈的泉水，可他真实的人生故事，却以身体瘫痪和无声逝去告终。

在这个世界上，像姥爷那样做人，一定很难。

姥爷的妻子，我姥娘，常坐在炕上跟人说话，或者站到院里瞭望。记忆中，姥娘一直戴着白色的头巾，或一顶白帽，从不摘下。老年时，姥娘常跟儿女们念叨，"人是越活越烦"。五姨一直记着这句话，这几年，她开始把它复述给大家，像捡拾撒在泥土中的真理。

我始终不想加入捡拾这"真理"的队伍。我至今觉得，大舅年轻时在北海公园白塔前拍的那张照片，仍在秘密地召唤我。一位 1980 年代的青年，从神秘的白塔前探出身来，在远方眺望远方……虽然后来，大舅并未从现实的泥淖中走出多远，甚至，他可能自己都淡忘了从前的模样。

二

我念小学时，大舅从赤峰巴林右旗归来探亲，给我们买了许多玩具和学习用品。我当时挑的是地球仪，大舅挺高兴，说我将来可期。那时候，他对生活和世界都有所寄望。十几年后，我考上研究生，寒假回家，大舅刚好也从赤峰回来，我以为他会像以前一样勉励我，期许我，然而谈话时，大舅的神情却黯淡许多，他说考上了也不要太乐观，因为很可能，这并不会改

·母亲画的北海公园白塔前的大舅·

· 二舅年轻时临摹的人物素描图 ·

变什么。

　　我一直没去过大舅在巴林右旗的家，姥娘去世后，大舅也再没回来过。2010 年，母亲和姐、二姐专门去看望过大舅一家。通过她们的讲述，我明白生活的苦恼和失意又多扣押了一个人。可在他的少年时代，这个人是多么特别和勇敢呀。我实在不愿意想象，年轻时从故乡远走高飞的大舅，最后在远方跌落。

　　相比大舅，二舅是更早被现实拦下的人。高考败北，加上家境艰难，二舅被无限期地留在农村。我填报高考志愿时，站在麦子垛上干活的二舅好像对我说了什么，又好像什么也没说。那时，他的两个小孩晏捃和欢欢已经有好几岁，正在打麦场上跑来跑去地玩耍，我满心装着欢喜，也不曾留意二舅的心情……但在苦恼和失意间，二舅又有他的倔强和不服。务农的同时，他自考了农技师资格，并且活学活用，科学种地，他自己给家人设计房子，自己布电路，自己漆家具，他还爱关注国家大事，关注世道人心的流变。

　　可惜庆丰一队的人情不好，二舅虽身在家乡，却总觉得这地方不亲，这里的人们常常欺软怕硬，爱欺负老实人，也常常被霸道、凶恶的人拿住。二舅说，等他老了，就去跟儿子一起生活，不在庆丰一队住。

　　这几年，随着年岁增长，我越来越发现，二舅就像一息尚

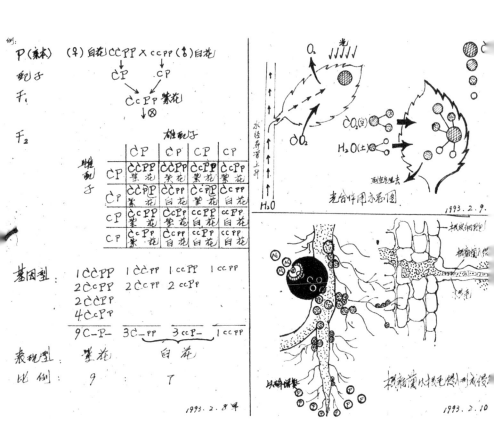

例:

P(亲本)　(♀)白花 CCPP × ccPP(♂)白花

配子　　　CP　　　CP

F₁　　　　　CcPP 紫花
　　　　　　　⊗

F₂

|  | 雄配子 | | | |
|---|---|---|---|---|
| 雌配子 | CP | CP | CP | CP |
| CP | CCPP 紫花 | CCPP 紫花 | CcPP 紫花 | CcPP 紫花 |
| CP | CCPP 紫花 | CCPP 白花 | CcPP 紫花 | CcPP 白花 |
| CP | CcPP 紫花 | CcPP 紫花 | ccPP 白花 | ccPP 白花 |
| CP | CcPP 紫花 | CcPP 白花 | ccPP 白花 | ccPP 白花 |

基因型:
1 CCPP　　1 CCPP　　1 ccPP　　1 ccPP
2 CcPP　　2 CcPP　　2 ccPP
2 CCPP
4 CcPP

9 C-P-　　3 C_PP　　3 ccP-　　1 ccPP

表现型: 　紫花　　　　　白花
比　例: 　　9　：　　　7

1993. 2. 8 午

光合作用示意图

1993. 2. 9.

1993. 2. 10

·二舅学习农技知识的笔记·

·二舅创作的讽刺漫画·

存的炉火，别人不走近，不朝里探望，则很难知晓里面有炭在
燃烧。我也在想，二舅秉性善良，一直默默向上，虽在社会下
层，却对生活有自己的要求，对伦理道德有自己的要求，像他
这样的人，该过怎样的生活，该拥有怎样的家园才好？

### 三

母亲的兄弟姐妹中，最让人神伤的，是四姨。母亲在文中
写道："那么好的一个人，如今却跟从没来过这个世界一样，
再也不被人提起。"由于婚姻不幸，四姨二十几岁时就想不通，
精神失常，并因此承受更多的磨难，直至逝去。"四妹死的时候，
虚岁四十八，她的大名叫秦秀青，小名叫引儿子。"

中间，四姨曾有短暂的康复。我大约八九岁时，四姨来家
里作客，脸上常挂着温婉的笑。一天，我跟同龄的顺利起了争
执，两人撕扭在一处，后来索性翻滚到地上，四姨极温柔地给
我俩拉架。可我们还是不敢，或者不愿亲近她，即便在孩童懵
懵懂懂的感觉中，四姨也终是个随时会被疯病再次卷走的人。

四姨虚岁四十八去世，刚巧我今年也虚岁四十八，有时，
我会琢磨，四姨好端端的，怎么就陷入了疯癫之中？四姨的
生性，许多方面都遗传自姥爷，善良，柔弱，敏感，心思细腻，
整个人常在沉默无言中，吃着命运的劲，却不肯放松自己的
念想。他们的生命之枝倘若伸展得顺利，很可能会成就一个

个优秀的手艺人，或者某些方面的专家，但他们的生命之枝倘若伸展得不顺利，他们的心灵就会比别人更易碎裂。

昨日的四姨，即是今天的抑郁之人。不过，四姨实在太普通了，她的生命之音无比沉寂，既不传奇，也无戏剧性。因此，我之前一直辨不出四姨生命中的张力究竟在哪。我总自以为是地想，在这世上，普通人也该有普通人的起义精神，去造现实和自个儿的反，就像刘震云的小说《一句顶一万句》中，普通人杨百顺、曹青娥和牛爱国就都有过一个拔刀、披刀的心路历程，可在四姨身上，似乎只有对苦难和寂灭的遭受，没有反抗。

有一天，当我再次提起这个话题，东莉说，四姨的善良与疯狂合在一处，就是她的生命张力所在，我一下被点透。东莉又说，还有命运对可怜人的不放过，很多可怜人虽然没疯，但他们精神上的灰败，一样是命运的不放过。

我由此记起弗洛伊德写在《少女杜拉的故事》里的一段话："心理症患者为介于真实与幻想间的冲突所主宰。如果他们在幻想中最渴望的东西，在真实中能获得，则他们将逃出心理症的处境；但另一方面，他们也最容易躲避到那最不可能实现的幻想中，不必再恐惧它们在真实中的实现与否。"或许，这便是曾经交响在四姨心中最强的音，但旁人都听不到。那么，如果四姨的精神完全恢复正常，而迎接她的，仍只是一个灰暗的现实，丝毫不比她精神失常前明亮，她能受得住吗？

四

1990 年夏天，我中考失利。尽管是五原四中的第一名，可我的分数还是比县一中重点班的录取线少了八分。如果去二中报到，很可能，我的命运会跟二舅、五姨一样，一辈子被故乡的尘土围困。

关键时刻，母亲带我去了三姨家。三姨说，有个远房亲戚，我该称呼他老舅，是县里一所小学的校长。老舅知道我的情况后，说按我的成绩，托人给求求情，好歹也能进一中普通班。大人们忙着商议事情，我脑子里昏昏沉沉，就独自走到三姨她们村的地里散心，日落时分，北方的旷野，自怜自艾的情绪点染下，天地间仿佛到处迷漫着一个农村少年的愁苦与忧伤，然后，再加上一丝隐隐约约的希望与向往。

终于，我逃脱了，从某些命运的掌心，借着老舅的热心和善意。我跳出了二舅和五姨跳不出农村的命运，躲过了四姨陷入疯癫的命运，也越出了那属于大舅的、老早考出农村却又被城里的现实残酷扣押的命运。回头望去，在一个类似原点的地方，是三姨帮了我至关紧要的忙，是三姨联系到老舅，让我念上了五原一中。

可三姨自己却奔赴了一个令人唏嘘的归途。母亲写她："眼看苦日子就要熬出来了，三妹却得了尿毒症。刚开始，三妹是有毛病硬扛着，不去医院检查，怕花钱了。一说就是给儿子娶媳妇呀，供儿子上学呀，就是不去医院。直等病得吐白沫，吐得连饭也吃不进去，才去县医院看了。回来还把门前种的一亩麦子割完。""三妹走的时候，虚岁才四十九。"

母亲姐妹五人，三姨、四姨已故。如今大姨已虚岁八十，前几天打电话，母亲对我说，你大姨的腰弯得比去年秋天更厉害了，下楼时，双腿也在打颤，我听了很是伤感。我一直记得，小时候去县农场大姨家，我们每每能享受到平日吃不着的水果，比如紫红的苹果，金黄的梨，那些贫穷岁月里的甜美滋味，既代表了一个乡下孩童心目中的理想生活，也代表了长辈们温柔慈祥的爱。

五姐妹中，五姨要小许多，今年五十六岁，跟我姐同龄，若照现在城里人的看法，离"老"字还远着呢。我多么希望，五姨能从"人是越活越烦"的真理中走出，接着在她的生命原野上，去开垦和种植新的真谛。加油啊，五姨！

# 沙枣

*Elaeagnus angustifolia* L.

　　内蒙古河套地区少有高大的野生果树，沙枣树是个例外。即使在荒漠地带，这种顽强的胡颓子科植物也能结出满树果实。沙枣的质地和味道与大枣迥异，它的果肉几乎不含水分，面面的，沙沙的，如同淀粉，但又有一种独特的香甜之味，叫人一尝，便难以忘却，从而成为当地居民和许多旷野行人的美好记忆。乡间兽医邬生生医术高明，品行端正，有自己的行为准则，较少为尘世泥泞和各种私利所污所染，实是有着难得的庶人气象，同时也是民间社会可贵的柱石。他这样的人，应多些才好。

# 邬生生

——

邬生生学名叫邬耀东，比我大两岁。他父亲和我父亲是亲姑舅，他和我是小姑舅，我叫他生哥。

邬生生从小家庭条件不好，没上过几年学，十八九岁时学的兽医，刚开始在他们公社兽医站上班，后来回了他们大队，改革开放后，自己开了个兽医站。我们说起来是亲戚，但平时也忙得顾不来走串，就事宴上来往了。家里牲口有点毛病也不去找他，去他家路不顺，一直习惯跑公社，找公社的兽医。后来大队有个张凡生，也给牲口看病。张凡生原先是大队支书，被换下去后，就学着给牲口看病。看好看赖，人们图个就近，经常让他给看。牲口一般的感冒，打个退烧针还行。但是一到春天，传猪瘟鸡瘟，他就看不了了，让他看也白看，差不多都死了。

有一年，我家喂了两头猪，先是一头半大猪病了，我就去张凡生那里配了些药，回来给打了两针，不顶用，死了。第二天早上起来，那头大猪也病了，整个躺下，站不起来。我又去

邹生生看猪身上长的疮

张凡生那里买了些药回来，正好邬生生来请我上事宴，他父亲
去世了。他一看我买的药，就说："二姊妹，这病不能用这些
药，这是伤寒病，得用发的药往出发了。你现在配的是退烧药，
把病都逼进了内里了，猪哪能好了？你就给打庆大霉素和地塞
米松，准保好。"我当时看见猪不行了，来不及买药，就把人
用的庆大霉素和地塞米松给打了一针，过了不大一会儿，猪子
吼得要吃了，我给喂了点，没敢多喂，怕吃坏了。我就打发侄
子二愣去公社兽医站买庆大霉素，结果公社兽医说不用打针，
就给吃点大黄苏打片和止疼片就行了。二愣拿回药来，中午我
给猪喂上，一会儿猪又不行了。下午我又问人们借了些庆大霉
素给打上，第二天早上一看，猪好了。

　　下午我上事宴，问我生哥这是咋回事。生哥说，猪病了不
吃东西，肠胃是空的，大黄苏打片吃上退肠黏膜了，猪有病了
可不能给吃大黄苏打片。生哥说："他们瞎开药了。我都是把
病理拿上，去防疫站化验看是甚病，该用甚药，弄不清楚病，
随便用药能治好病了？"

　　还有一年，我买了人家喂的一头小半大猪，喂了一阵子，
猪起了一身疮，流脓水水。我给抹四环素软膏、红霉素软膏，
都不管用，心里说，这猪就是杀了哇，肉也吃不成，愁得不行。

忽然想起来，不如让生哥
给看看。生哥来了一看，
说："这疮是猪病了打针
吃药以后散出来的毒，你
拿刺儿苗（苍耳）的籽籽
熬上给洗，就好了。"那
时候正好是秋天，刺儿苗
的籽也熟了，我给熬的洗
了两次就好了。我心想，
真是神了，没花一分钱就
治好了。

　　我于是就后悔，要是
二弟家的骡子早让生哥给
看，肯定死不了。1984 年
春天，二弟家的骡子突然
生病了，就去公社兽医站
给看，公社兽医站看了不
见效，就托人另请了个兽
医。看完后，骡子吃开草

二月天，骡子晚上可
着凉了，早上起来肚子
很大，喂也不吃，腿
展躺着不起来。

生哥来了给灌了些药,好了。

料了。下午二弟还去滩里放骡子,晚上回来把骡子拴在兽医站,寻思明天再打一针就能回了。结果早上起来,骡子拉稀拉得不行,先拉的还是粪,后来拉的全是血,眼看骡子不行了,问兽医咋回事,兽医说,他也不知道。没多大工夫,骡子就死了。

二弟骡子死了,一家人气得哭,我也哭。自从包产到户,我们两家的骡子就一直搭伙使唤,眼看夏收完要耕地了,二弟的骡子一死,把他们晾下了,把我们也晾下了。再买骡子哇,当时又没钱,那么多的地全靠骡子了,秋天耕地可咋办呀！

从那以后，我家的牲口有点毛病，我就去找生哥给看。有一天，我们的骡子也生病了，肚子胀得卧下直打滚，赶紧去把生哥寻来。生哥说，是结住寒火了，拧得肚子疼，灌点药就好了。结果还真是，给灌了点药，骡子就吃开了。营子里头传鸡瘟，我让大儿子永强去生哥那儿买药，生哥给拿了一瓶药水，让点在鼻窟窿里。我给鸡点了，过了几天，营子里的鸡全死了，我家的鸡一个也没死。

邬生生不光看牲口的技术好，人缘也好。他们村子里和亲戚朋友谁家办事宴，都让他给代东①，人们很信任他，说他办事靠得住。邬生生说话，一就是一，二就是二，能就能，不能就不能，直来直去，不拐弯抹角。他要能办的事，就真心实意给你办了，从来不拿架子。你要对他好，他对你也可热心了。他就是脾气不好，看不惯歪门邪道，见不得那些捣鬼六七、不务正业的人，他看见就恼。要是惹火他，他更不客气，敢当面冲你，也不怕得罪人。

邬生生不要钱，不赌博，烟倒是抽了，酒多少喝点。他知

---

① 方言，指代表东家负责宴会接待等事宜。

道我侄子大愣爱耍钱，就劝说大愣："你不要耍了！赌博的十赌九输，掏宝的人都是弄假的，你哪能赢？有多少钱也不够你输。你不要再赌了，好好干点正事。"但大愣死活不听。

邬生生他妈是旧社会的"奶媳妇"，一生下来，就被父母扔在野滩里，邬生生他奶奶捡回来奶大，给儿子做了媳妇。邬生生他妈先是怀不上孩子，就抱了邬生生回来，后来才又生了个儿子。邬生生的父亲后来染上了大烟瘾，家里穷得厉害，刚解放，媳妇就离婚走了，又嫁了个人。

邬生生就和奶奶、弟弟、父亲一块生活，没有妈。好在没多久，他爸把大烟戒了。那时候，政府明令禁止抽大烟。人们说，要让政府知道谁抽大烟，会杀头的。奶奶死的时候，邬生生和他弟弟只有十来岁，他妈怕他爸照顾不了他们，又带全家搬回村子里住，为方便招护邬生生兄弟了。他妈还是和她嫁的第二个老头一起生活，和邬生生他爸就以兄妹相处。不过银钱上就不那么分得清楚了，第二个老头也让他们一起花销。那个老头性格特别好，生活过得也不错，不嫌弃邬生生他们，对待邬生生弟兄俩就像亲生的似的，没什么两样，把孩子教育得也挺好，邬生生成年后，对那个老头可好了。邬生生他妈给那个老头生了一个女儿，又给抱了个儿子。邬生生对那两个孩子就像亲弟弟、亲妹妹一样，可亲了。那个男孩长大了跟他学的兽医，小名叫挨生。可惜挨生二十岁那年得了血癌，二十一岁就死了。

　　自从挨生死后，邬生生他妈就到处跑逛，见了事宴就给人家道喜，要不就给说唱。这老婆儿挺会说，挺会唱，人们还挺爱听。她唱是即编即唱，不是流行歌曲。她去谁家，人们一说是邬生生他妈，就给好烟、好酒递上、还给钱，馒头、糕给得多得吃不了。遇上不认识的，她就说："你们不认得我，我是邬生生他妈。"邬生生不让她去，她不听，就要去。他妈把要回来的好烟好酒给邬生生，邬生生不要，气得说她："我又不是不给你吃，不给你穿。我又不是养活不起你，你为甚非要去跟人家要东西？"我还劝过他妈，我说："不要去了！我生哥是个要强爱面子的人。"她说："要面子？面子能值几个钱？我那是给人家唱，人家才给我。平白无故人家给你了？我是为挣钱给他减轻负担了。我挣的钱花不了，给他还不要。咋了，我那钱不能花？"实际上，这母子两个都是为对方好了。

摩托车刚出来，邹生生就买了骑上了。

　　老婆儿是八十岁去世的，她没了以后，我们跟邹生生的往来也越来越少，再后来，两家人又都远离了原来生活的地方，各自东奔西走，慢慢就失了联系。这些年我常想，也不知道我生哥现在过得咋样？在这个世界上，那可真是一个好人。不说别的，就说他跟后爹，还有后爹的子女都相处得那么和睦，像一家人一样，也好让人羡慕。

# 南瓜

*Cucurbita moschata* (Duch. ex Lam.) Duch. ex Poiret

　　葫芦科的南瓜，后套人称之为"面葫芦"，因为这里的南瓜品种肉质偏粉。煮熟的"面葫芦"软糯香甜，无论从前还是现在，它都是人们餐桌上常见的菜蔬。后套人常用"面"形容一个人，特别是那些又善良又好欺负的人。秦宽小一生良善，也一生受人盘算和欺负。他曾经辛辛苦苦地种了许多棵树，结果却要被无偿收走，不再归他所有，一气之下，他在晚上悄悄将树全部拔了，一棵不留。这也是他难得会爆发出来的时候。像秦宽小这样善良、沉默、常低着头生活的人，他们位置在哪？幸福在哪？值得全社会思考。

# 秦宽小

———

　　秦宽小是我堂哥，是我大爹（大伯父）的儿子。1941 年，堂哥三岁时，他母亲去世了，他就一直由我奶奶和我母亲抚养。1949 年腊月，我奶奶也去世了，他就常跟我们在一起生活。

　　堂哥虚岁十七那年，他大给他说了个媳妇。女孩虚岁十四，没有父母，就有一个哥哥和嫂嫂。订婚后，女孩哥哥让我堂哥和大爹去给他们家干活，说他家劳力少，忙不过来。堂哥和我大爹就把一辆牛车和一头耕牛赶过去，帮他家干活，而且一干就是好几年。1957 年，大队成立了人民公社，他俩就在女孩家那边落了户。他们队是庆生二队，离我们队有二三里地。

　　1958 年冬天，两个人到了结婚的年龄，女方嫌
我堂哥穷，不想和他结婚。那时候，我堂哥父子俩只
有一间土房，三斗谷子，其他东西要甚没甚。我母亲
寻了介绍人，亲自去了女方家，跟他们说，女方要的
东西，全由我们承担，女方家这才答应了，就跟上堂
哥来了我们队。我母亲把他们一家三口收留回来，跟
我们一块儿吃喝，一块儿生活。一直等新粮下来了，
他们才另开过。

　　堂哥长得不算好看，宽脸，小眼睛，扁鼻梁，中
等个子，但人可勤快了，耕、耙、种、打场、扬场，
样样会干。时常，人们还在家里睡大觉，他早到地里
干活了。我们住的跟前没有柴火，他就去很远的地方
割，一背一背地往回背。亲戚朋友家要是有营生忙不
过来，他只要看见，不用叫，就来给帮忙了。他这个
人是甚时候也闲不住，不是干点这，就是干点那。

　　堂哥嘴笨，不会说话，受多大委屈，嘴上也说不
出来。他从来没跟村里人吵过架，干甚也是踏踏实实
的，有便宜也不会占，从不跟人争弄。大集体时候，
不论营生好赖，只要队里让他干，他就干，二话不说。

六二年刘少奇上台，让人们开点自留地，
我堂哥和我大伯开了些地，栽了些树。

红柳

三队村子

草堆

铡草

饲养院也叫社房，饲养员住，
开队委会、社员会都在这里。

人家认为他傻，就叫他"糖宽"。看见他鲁笨，就欺负他。

1958 年大跃进，1959 年，生产队天天搞评比。评上上游的队，给插红旗，受表扬；要是下游，就给插白旗，受批评。三天一小评，七天一大评。有一次，我们队得了个下游，队长拿回个白旗来，插在社房的房顶上。

没评上上游，队长气得要死，真的灰人，他也不敢惹，看见堂哥人善，就想拿他出气。没几天，三队得了个下游，白旗轮到他们插。那天早上，堂哥媳妇和堂哥打架，队长正愁找不到人去给三队送白旗，就让民兵把堂哥五花大绑捆起来，让往三队送旗。那个捆法，就像捆犯人一样，把手从背后绑起来，再把白旗插在背上。队长说："人家是搞大跃进了，你们是搞打架了，这不是影响队里生产了？"一边走，一边还让两个民兵跟在后面看着。从来没见哪个队送白旗这么个捆法，堂哥老实，捆就捆了，也不说甚。

　　1960 年的时候，粮食紧缺，队里打下粮全桀给国家了，社员没吃的，往死里饿。堂哥他们一家就跑到乌家河谋生，那里的社员能吃饱肚子。他们在那里住了三四年，还养起十来只大绵羊来。

　　堂哥人虽然善，脾气也可倔了。但他倔归倔，只要不逼得太厉害，也不会发火。1962 年，刘少奇改了政策，给每户一点自留地、自留羊，还让开白留地①。政策宽松了，1963 年秋天，堂哥就又搬回来，开了些地，栽了一亩多树。春天，看看树枝抽条了，长高了，想着后面日子就要好过了，可是谁也料不到，没多长时间，刘少奇被免职后，政策又变了。每人八分自留地、队里抽回五分，自己开的其他地，一律要归队里。

　　堂哥觉得不公平，自己摸早贪黑开了点地，种了点树，又让归队里。有的人甚也不做，就等着捞油水了。一气之下，堂哥一晚上把种的树全拔了，一棵没留。他说，不拔掉，等长大了，还不是便宜众人，今天你偷砍一棵，明天他偷砍两棵。别人说起来，是砍队里的树了，根本不说这树是谁辛辛苦苦栽下的。

---

① 白留地，指社员自己新开的地，有的开在原有的农田之间的小块地方，有的开在荒地上，位置、土地质量不好。

　　堂哥活了七十五岁，我印象中，他一辈子也没几次那样发火的时候。

刘少奇下台了，开的地又都让归回队里，我堂哥一晚上把栽的树全拔掉了。

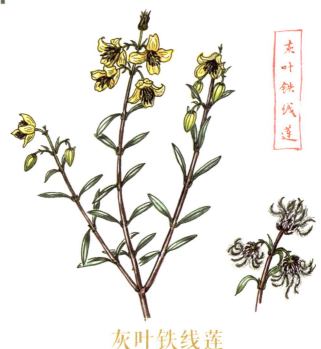

# 灰叶铁线莲

*Clematis tomentella* (Maximowicz) W. T. Wang & L. Q. Li

　　夏天，阴山崖壁的灌草丛中，会绽放出一种格外绚丽的野花，这就是毛茛科的灰叶铁线莲。亮黄色的钟形小花，摇曳于荒山乱石之间，会让遇见它们的人顿觉喜悦与欢欣。入秋后，灰叶铁线莲长出一团团、一簇簇毛茸茸的瘦果，能给人以特别的温暖之感。二十世纪六七十年代，王惠玲和孙宏军曾作为"知青"，被下放至五原县庆丰大队，在那里，他们遇见了秦秀英。而在时代或历史的长廊里，也可以说，是秦秀英走着走着，遇见了王惠玲和孙宏军。虽然他们能够相识，并缔结友谊，可实质上，王惠玲、孙宏军所属的城市和秦秀英所属的农村，长期是彼此远隔之地，因此他们的相遇，近乎旷野上的相遇。所幸，这也是温暖的相遇。

# 我的知青朋友

—

1968 年夏天，从包头下放到我们队九个知识青年，四个女的，五个男的。有一个女的叫张雅仙，来了时间不长就走了，剩下三个，一个叫马宝莲，一个叫李艳珍，一个叫王惠玲。

马宝莲和李艳珍爱说爱笑，爱跟有权势的人交往。她俩关系也特别好，不管干甚，都在一起，串个门也相跟着。过年回来，两个人都会带礼物去给干部拜年，跟干部家的人可亲热了。知青们返城前，李艳珍上了清华大学，是公家推荐的，有人说她是从包头弄的指标，队里给签的字。李艳珍一走，马宝莲也很快回包头了。

碾下的秸秆
堆在一起

拉回来的庄稼垛的垛

王惠玲

大印

四个人拉，一个人压着刮板，都是女人们干，男的干其他活。

王惠玲不爱多说话，也不爱耍笑，跟马宝莲和李艳珍叨拉不到一块。王惠玲见不得溜勾子拍马屁的人，从不巴结那些当官的。有空了，她就过来跟我坐坐，还问我有甚营生了，她帮着做。我那时不会织毛衣，王惠玲会，我就请她给我大女儿红梅织了件毛背心。

红梅当时五六岁，我积攒下一些旧毛线，但是还不够，王惠玲就自己给我添了点。织成的毛背心可好看了，花色配得特别巧，队里那些女的谁见了谁爱，问谁给织的，我说是王惠玲，她们说，这手才巧了！

王惠玲不光手巧，又勤快，心还善。队里夏天庄稼熟了，收割回来垛在场面里。打完场，人们把碾下的粮食攒成堆，收工时，保管员怕粮食丢了，在堆上压上印。这些碾场、攒场的活，王惠玲都参加。有次队里开会，动员妇女们做军用鞋，说是支援解放军。结果没人应承，说实话，有的人家娃娃多，又要劳动，自己还没鞋穿，哪有工夫和材料做军用鞋了？王惠玲跟我说，她想做，就是不会，让我教她。我和她一起把鞋帮、鞋底粘好，她缝。
从此我俩相处得更好，坐在一块常有话说。王惠玲把我当姐姐，
从不叫我名字。

　　每年过完年，王惠玲从包头回来，总要给我家娃娃们带苹
果和其他好吃的。那个年代，不像现在卖甚的也有，苹果呀，
梨呀，我们这地方没有，我也是光听说过没见过，不知道长啥样，
娃娃们更没见过。

王惠玲和宏军给我们拿来苹果、
花炮。那时候没有塑料袋，用布袋。

花炮

苹果

袋子

劳功布褂子

劳功布裤子

花花布

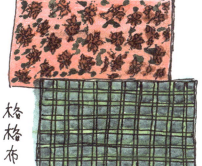

宏军和王惠玲给我们
寄劳功服、鞋和布。

格格布

翻毛皮鞋

有一次，王惠玲病了，大夫来给她打针，想要点消毒的开水也没有，和她一起住的那几个人，懒得开水都不烧。我看王惠玲连口热水也喝不上，就把她叫回我家住了两天。

一起下放的五个男知识青年，有一个先就回城了。有两个在"文革"当中成了打手，一开批斗会，他们打人可凶了，还经常参加外大队的会，成了红人，不用天天劳动。这两个，一个叫王文华，一个叫白昌盛。

孙宏军是知识青年里年龄最小的，来时候也就是十六七岁。但他虽然岁数小，为人处事挺好，不管老少都能合得来。宏军也不爱跟那些强梁、霸道的人来往，没甚走处，也爱来我家坐坐，叨拉叨拉。我们见他说话做事挺讲信用，不是那种光耍嘴皮子的人，就把他当好朋友，要是吃点顺口的，就喊他来。

1971年，宏军和王惠玲也回了包头。再后来，他们俩走到一起，结了婚，还是经常写信问候我们。1976年冬天，宏军和王惠玲来看我们，给我们带来衣服、花布和好吃的，还有花炮，娃娃们看见花炮高兴得不得了。那时候，村里的大人、小孩都没放过花炮。

宏军常把他们单位新发的工作服节省下来，寄给我们穿，还有新的翻毛皮鞋。当时有好多商品，农村还买不到。王惠玲寄给我们的格子布、花布，人们见了就问我："这么好看的布，你是从哪买来的？"

1982 年，王惠玲来信，硬让我们去包头玩了。冬天，我带着大女儿、二女儿、二儿子去她们家住了六七天。

1989 年，大女儿出嫁，我们邀请他们来参加婚礼，他们实在走不开，给寄了礼钱来。1991 年，我们家搬到套海镇，我不会写信，就跟王惠玲和宏军失去了联系。生活操磨人，一晃二十多年过去了，我也没顾上好好联系联系他们。

2016 年 6 月，一天下午两点多，二弟突然给我打电话，说："二姐，你听这是谁？"我一听，电话里的声音好熟悉，就是想不起来是谁。电话里说："二白姐，我是王惠玲，我现在来了二俊这了。"

二白是我的小名，二俊是二弟的小名。宏军和王惠玲不知道我们搬了家，他们去我们原来住的庆丰一队找我们，走到庆生五队时一问，人家说早搬走了。又碰上从我们村嫁到庆生五队的一个闺女，告诉他们二俊还在我们庆丰一队住着，宏军和王惠玲就到了二俊家，然后又从二俊家来到临河。见上面，宏军说他给我们写了好多信，都被原封不动地退回去了，邮递员说肯定是他没写对地址。

　　"早就想来看你们了，就是走不开。前些年是上班忙，退休了又给看外孙，现在外孙上学了，我们说一定来看看你们，老是梦见你们了！"宏军和王惠玲对我说。他们头一天下午来的临河，住了一晚，第二天就回去了。两个人自己开着车。

　　2018 年春天，我去上海路过包头，就去他们家住了一晚上。这两年不管大小节日，王惠玲总会给我发消息，我微信用得不是太熟练，每次都是她先给我发。我有时候忘了过节的日子，打开手机一看，王惠玲又给我发消息了。每次看见她发的祝福，我都特别高兴，觉见心里有块地方又复原了。

# 防风

*Saposhnikovia divaricata* (Trucz.) Schischk.

　　防风长在荒滩上的草地里，伞形科植物，身高不足一米，若不是一顶顶聚满白花的"伞盖"会被盛夏擎起，它们简直"低调"得让人难以侧目。待到九月花落，那些细长的"伞柄"将递出一枚枚狭圆形果实，朝向四面八方。这些小果实虽然同根同源，但其未来旅程和生命故事却可能大不相同。红梅、红侠、永强、永林姐弟四人，从同一个家庭走向社会，他们的人生境遇和道路却迥然相异。无论如何，他们都只是世界上的普通人，都有着普通人常有的苦恼与欢乐、满足与不安。他们的心思、努力、挣扎与不甘，同盛夏来临前的防风一般，其"低调"难以被世界"看见"，更反衬了冷冰冰人类的"高调"。

# 红梅

—

　　大女儿红梅，是我家的第一个孩子，从小就懂事，也吃了不少苦。

　　红梅十一二岁的时候，有天放学回来，看见我劳动还没回家，就学着做饭。她第一次焖的米饭，一半生一半熟，切的面条，粗的粗，细的细。

　　那时候我们村吃水不方便，家门口附近有口井，水咸得不能吃，只能饮牲口、洗衣服，人吃的水，要去一里来路的地方担。红梅要去担水，我不让她担，怕她力气小，掉井里，可她就不听。赶我劳动回来，水瓮里的水满满的。有一次，差点出了事。冬天，井上冻成冰坡，人滑得站不住。红梅担水时滑倒了，伤了尾椎骨，后脑上还磕了个包，耳朵只听得响，难受得呕吐。叫来村里的大夫看，说是轻微脑震荡。干活的时候，我吼她慢点儿，怕累下了毛病，她老是不听，一天的营生半天做完。

红梅念书那会儿，大队里没有初中，得去公社上学，离家太远，不住校的话，就得住在亲戚家。她念了一年，看见地里的营生忙不过来，就回来帮着干活，不念了。我当时也脑子糊涂，没能为她的将来考虑清楚。念书其实是她脱离农村的唯一出路，我只看见眼下包产到户，比大集体好了，她说不念就不念了。

后来，她大托亲戚给在刘召镇下了个户，找了一份工作，在土产公司上班。1993 年，土产倒闭了，她又去保险公司上班。先是在中国人寿保险，后面又去了合众人寿，一干就是二十多年。刚开始在刘召干，后来儿子金雍去五原县城上学，她就相跟着去了五原。2006 年，我搬到了巴彦淖尔市，她也搬了过来。一开始，红梅想在城里找份工作，不干保险了，但找了一顿，也没找着个合适的营生，就又去干保险。

刚换地方，人生地不熟，不好揽业务。那时候，人们对保

　　从前在农村住的时候,村子里打不出好吃的井来,后来在村子的最东头打了一口井,凑呼着能吃。我家离井有里多路,家里放着两个水瓮,一个放人吃的水,一个放洗锅、喂猪、洗衣服用的水。冬天井上冻个大冰坡。大女儿二三岁就开始去担水了,有一次一下子滑倒,把尾椎骨跌得有了裂缝,当时这也没看医生,那个时候生活条件差,有点病也不看,除非大病才看了。

大女儿

险也不甚认可，红梅就只好到刘召、五原到处跑，电话里不住
气地联系认识的人，给顾客讲保险那些条条款款，顾客听不明
白，她就说了再说，说了再说，我还替她心麻烦了。我心想，
以前人们讨厌爱说话的人，有人笑话说：多亏嘴是肉长的，要
是铁的，早磨完了。现在干保险这行营生，就得磨嘴，还得有
耐心，才能揽来顾客了。有时候，磨上半天嘴，好话说了多少，
也揽不上。揽不上就没工钱，没工钱就没饭吃。她一天愁眉苦
脸，带的个愁貌，她愁我也愁。愁又有甚用，就这么一天一天

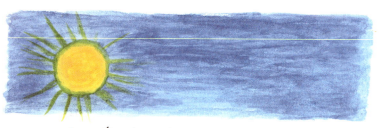

大女儿爱干净，旧衣服洗得就像新的一样。

大女儿骑电动车上班，很辛苦。她让车碰了两次，幸亏没有大碍。

地熬哇。一转眼又快十年呀，现在总算熬过来了。人们越来越认识到这个保险有用了，入保的人也比以前多了。她认识的人也多了，工作好做一些了，现在还是业务经理。从原来单位下岗后，红梅自己一直在交社保统筹金，如今熬到岁数了，也开始领退休金，这样最起码生活有保障了。儿子金雍也有工作，在铁路上班，还是正式工。

# 永强

—

永强是我大儿子，1968年出生。

那会儿农村生活条件不好，吃不上水果，糖也少。春天，娃娃们就拔芨芨草的嫩根根嚼着吃，芨芨草发芽的时候，根是甜的，娃娃们就嚼那个甜味了。春天地里打埝子的时候，他们就去挖芦草根嚼着吃。有一种草，人们叫"小蒲"，它的根底下长着像豆子一样的瘤瘤，也有点儿甜味，孩子们就刨着吃那个瘤瘤。还有一种草，人们叫"酸溜溜"，也叫"水红花"。这种草在水里长着，秆秆是红颜色，花是白粉色，叶子可酸了。水红花的嫩叶不光娃娃们喜欢吃，大人也要吃，

割玉米秆子时把秆秆
拿回家给娃娃们吃。人
们放下怕找不着，就剟
在腰带上。

就为嚼那个酸味道。秋天糜子快熟的时候，娃娃们就去糜地里摘糜（méi）墨子（糜子生病长的黑穗）吃，那个也是甜的。还有割玉米的时候，娃娃们就捡那不结玉米棒的秆子嚼着吃，不结玉米棒的秆子细，又嫩又甜，但是这种玉米秆很少，偶尔能碰到一根。掰玉米棒子的时候，谁碰见谁得，把叶子撤了，秆子别在裤带上，大人舍不得吃，拿回让娃娃们吃。

有一年秋天，供销社忽然进回来一些苹果。一天，我领着永强去了，永强看见篓子里放着苹果，就拿了一颗，我赶紧往下刁（抢）。售货员说，让娃娃吃一个哇，娃娃没见过，以为是甚东西，稀罕了。那个时候，别说娃娃看见苹果稀罕，就是大人看见了，也稀罕，一年四季没个水果。永强那时候也就是两三岁，从来没见过苹果。售货员说，这是苹果，你吃哇。他不吃，抱在怀里，一直抱着。我给钱，售货员硬不要，说，就算我送给娃娃的，不要钱。他说，看见农村的娃娃真是可怜，连个苹果也没见过，真的可怜了。

成立合作社以后，社员们没有地种瓜菜，后来给分了点自留地，也没人种瓜菜。因为你种他不种，人们害得不行，种上了也吃不上。每年队里种点瓜菜，给每家按人头、按工分分。永强六七岁时，省不得分瓜是按工分分，一听见分瓜，跟上娃娃们跑得可快了。队长骂他："工不多，倒跑你妈的快了。"

我老汉 1973 年在队里劳动时，被人拿东西把脑袋碰了，干不了重活，也挣不上工分。每次分瓜，有的人家拿担子担了，我们家从来没大人去过瓜地，就永强提个小箩头，分上两三颗小瓜蛋子回来。包产到户后，我们在门口开了一块地，我说，甚也不种，就种瓜菜，让娃娃们吃个够。

农村包产到户后，队里给分了四只羊。草料都让当官的捞了，没给社员分。春天地里的草还没长起来，永强看见邻居家的四全上树砍树枝喂羊，他也上树砍树枝。那时，他才十一二岁，四全比他大两三岁。有一次，砍树枝的时候，砍在了脚上，幸亏只是划破点儿皮。我不让他去弄，他看见羊没吃的，还要弄。

包产到户，大人忙不过来，全靠娃娃们帮忙干活了。有一天，永强赶上车，去平整地里的土，中午回来时，骡子惊了，他在车子坐着，好歹算是没掉下来，骡子跑回院里来才停下，这件事每回想起来都后怕。

永强和他兄弟姐妹几个，上小学念的都是本大队成立的学校，教书的都是民办教师。老师家里都是种地的，上午教半天课，中午十二点放学，下午给自己家地里干活儿。上初中是去

大儿子和村子里的孩子们爬柳树，砍树枝喂羊。

公社上，永强初中毕业的时候，我心想，种地能有甚出息，不
就是个刨土哇，除了刨土还是刨土。我刨了大半辈子也没弄下
个甚，可不能再让娃娃们刨土了。娃娃们的命运都在父母手里
掌握着了，父母给思谋不好，孩子的前途就毁了。唉，现在回
想起来，当时还是没眼光，看不清形势，瞭不见远处，当时光
看到有个城市户口、有份工作就行了。结果只让永强上了技校，
学的是财会。

　　1990 年，永强技校毕业，在四分滩粮库上班。没过几年，
各个乡镇的粮库关闭，复兴、四分滩的粮库都合并到了刘召粮
库。结果，刘召粮库里要不了那么多的人，就把四分滩的全体
职工下了岗。

　　下岗以后，永强的媳妇俊苹开了个内衣店，生意还不错。
媳妇挺有本事，又能干，可是永强下岗以后，一直没有找到稳
定工作。先是给一些小企业当会计，干了几年，他说，做账做
得人头疼。后来跟朋友合伙开过洗浴店，合办过小家具厂，生
意都不行，他就退出来了。又去保险公司干过一阵，也不行。

　　现在，他们女儿天琪都大学毕业参加工作了，他还在外头
给人打工，做得最多的，还是会计。

大儿子十二三岁就赶车，回来的路上，
骡子惊了，差点摔下来。

# 红侠

—

以前不光是家里头穷，国家也穷，农村连个卖糖的也没有，孩子们想吃糖可难了。每年一到割玉米的时候，孩子们高兴的，就等着大人们给拿回"甜甜"来。"甜甜"就是不结玉米棒的嫩玉米秆，汁液比较多，嚼起来有甜味，娃娃们当甘蔗吃了。但这样的玉米秆很少，有时收割了一大片，也碰不到一根。

那天，一群孩子跑到地里来，看有没有"甜甜"，我家红梅和永强也来了。我就把割下的两三根"甜甜"给他们带回家。他俩拿回去让爷爷给往短了切，他爷爷就拿了把菜刀切，红侠也在跟前了。当时红梅六岁多，永强四岁半，红侠是我二

女儿，比永强还小两岁。红侠小，不懂事，看见切"甜甜"了，
伸手就去拿，他爷爷没注意，一下子把她的中指和无名指给切
了。他爷爷吓得让邻居去地里喊我和她大。她大连忙去找赤脚
医生，我赶紧跑回家。看见红侠的手指上血也不流了，两根指
头就连着一点筋，骨头全断了。红侠已经迷糊得不行，吼上也
不吭声，大夫来了给洗伤口，怎么弄也不哭，已经省不得疼了。
大夫给洗干净，把指头对上去，上上药，拿纱布给厚厚地裹起
来，不让动。一个礼拜后，大夫来换药，打开一看，全好了。
自始至终，红侠从来也没哭过一声，也没喊过疼，就迷糊得要
睡觉。那时候穷，也没去医院看，好了也没给拍个片子，最后
能恢复，真是不幸中的万幸！想想也后怕了。

红侠从小可乖了，爱学习，念书从来不用大人操心。

1982 年过完春节，眼看要开学呀，我父亲去世了。办完
丧事，我姐和姐夫准备回他们县农场。临走那天，我们吃完
早饭去坟地，回来正走着，突然来了一场大雨。土路淋了大雨，
泥得走不成，姐姐和姐夫就又住下来。大家没事，就喝开酒
叨拉，东扯西扯，扯到他们家。他们家有个孩子，生下来时
间不长就有了病，在我父亲去世的前半个月没了。姐夫就戏
红侠："把你给我家正好，你刚好把他（死去的孩子）的户

二女儿指头包的沙布，不到七天不能取.

顶了。"那时候，要上城里的户，可不容易了。

　　我以为姐夫就是逗一逗红侠，也没在意，去厨房煮饭去
了。等吃完饭，红侠跟我说："妈，你给我缝上一条新裤子。
我跟我大姨去他们家呀。"我问她："你真的想去？一去就
得很长时间才能回来了。"她说："我想去了。为了以后的

前途，我想去了。"我就给缝了一条新蓝布裤子，第二天上午，红侠就跟着她大姨和大姨父走了。那一年，她才念小学四年级。

去了县农场，她随我姐夫姓，改名叫李红侠，在我姐家上完小学，又回来刘召上初中。初中毕业的时候，五原县技校招生，有城市户口的就可以报考，我听说技校不咋地，让红侠不要考技校，先上高中哇。可是红侠她大他们说，上考场也是锻炼，到时考上念不念由她了。考高中，红侠分数差

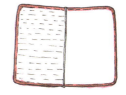

二女儿上初中的时候学习好，常得奖状和笔记本。

二女儿和孩子们去割草、喂羊和骡子。

我　　　　　　　　二女儿

二女儿嫌技校不好，每次回了家不想回学校，我就把她送到班车上。

了 3 分，没考上县一中，分到了二中。

等开学了，技校考试的成绩还没有音讯，红侠就去二中上学了。那时候，二中的文科班不比一中差，她回来说，校风呀，环境呀，都挺好，她也很喜欢这个学校。可是就在开学后一个多月，技校的通知书下来了，当时我想把通知书压下来不说，红侠爱学习，不上高中可惜了。我想，无论如何，让她把高中上完再说，她岁数小，到时考不上大学，再上技校也不迟。

她大回来，我跟他说，红侠技校考上了。他一听很高兴，就说，还是念技校哇，省钱，出来就有工作。我说，技校出来，就是安排工作也不是甚好工作，各方面待遇也不好。有一年，我们去以前下放村里的知青王惠玲家，她爱人宏军说，他们单位分房子、搞福利、发工资，都是按文凭高低来。分房子，中专生一来了就给分，大专生待遇更好。他们安顿我好好供娃娃们念书，念书才有前途。我就跟老汉说了半天，还是让念高中哇。

第二天早上，吃了饭，老汉着着忙忙从凉房把车子推出来。我问去哪呀，他说去刘召。我心想，这下糟了，他又要跟他妹子商量去了。我老汉是个没主见的人，甚事都听他妹子的。他妹子是老师，他觉得他妹子说的甚都是对的，从来不听我的。下午回来，他死活不让红侠上高中了，说技校出来就有工作，上高中考上大学也供不起。第二天，他就去二中给红侠把学退了。

等技校开学了，我领上红侠去报名，老师说："这么小，让念技校纯粹瞎挐头子（指不干正事）了，念中专也比念技校好。这娃娃成绩还不错，咋不让上高中，来念技校了？"

县技校是以前农机站改建的，校园破破烂烂，没有院墙，宿舍也很旧。红侠说，晚上怕得不敢上厕所，同学都是上过社会的青年，叨拉不到一块，老师也不给好好教。红侠回家说，她不念了，我就乖哄着，把她送到公共汽车上，结果上了三四天又回来了，说甚也不念了。我再把她送去，过两天又回来说不念了。我就说，不念能做甚呀？她说，地里劳动呀。我说，劳动不行，好歹把这半年凑合过去，哪怕明年再考高中。我和她说："你姐没让念，我现在后悔的。你再不念，那就是种一辈子地，受一辈子苦了。"礼拜天下午，我又把她送到汽车上，打那以后，她不再往回跑了，安下心来学习了。考试成绩常是前一二名，学的财会，能打一手好算盘，还会双手打。

　　1991 年，技校毕业，红侠的工作兜兜转转，最后去了刘召五金店上班。结果没多长时间，单位就倒闭了。人家老职工有钱，都租了柜台自己卖货，红侠也想租柜台，可是没资金，就去私人开的鞭炮厂打工了。到冬天，没有暖气，鞭炮厂冻得开不成，红侠就去临河（现巴彦淖尔市）弄了点眉笔、口红、擦脸油、润手油，住在她哥永强家里，转单位、转小巷子里卖。

　　第二年春天，红侠又去饭店里打工。她想自己开个店，干点事业，可是一点资金都没有。看见女儿心情不好，我也担心。作为一个母亲，想帮她一点儿，但却无能为力，心里很惭愧。女儿的命运全是大人给毁了！我知道她爱学外语，一心想上大学，可是家里条件不好，连高中都不让她上，她心里能不苦了？我也没有法子，只能求老天爷保佑她平平安安，迈过这个坷。有时候，我在地里朝着太阳跪下，磕头，求神神保佑她，这也是没办法的办法了。

　　再往后，红侠还是一直没找到合适的营生。结婚以后，她跟女婿王军还去温更镇开过粮油门市，生意不好，也没干长久。以后就不时打些零工，等儿子王杰去包头上学，红侠就去包头陪读，她把希望全寄托在儿子身上了。

这是一棵很大的野生树，上面长着三四种不同的叶子，人们认为是棵神树，文化大革命时把它锯了。

小庙

卖香的

2002年8月28日下午，王保园坑蛋，街上可多人说那儿有棵树上有神，我们去看，一棵柿树上长了个疤，人们说那个疤像老鹰。

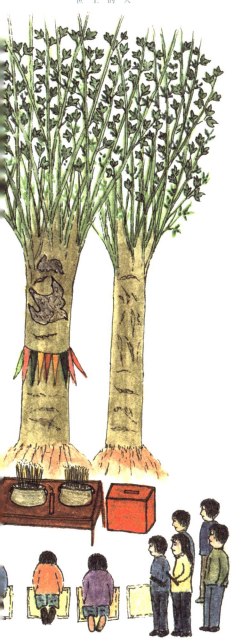

2002 年，我和红侠听说王保园圪蛋有棵神树，上面有个像老鹰一样的"神"，去求的人可多了。我们也去了，就希望神神能保佑生活顺利一点儿。

前几年，王杰考上大学，红侠又回来五原县，在一所小学附近租了间房子，开了个小饭堂，专给学生娃娃们做饭。本来是挺顺利，结果因为租的房子太古旧，连自来水也没接，天天得用大桶提水做饭、洗菜、洗碗，红侠身体瘦弱，长时间弯腰提水、劳动，落下个腰椎间盘突出，大夫说不能再干重活，小饭堂也就不开了。这些年，王军先是在一家私营煤矿做营生，后来煤矿不行了，他又做买卖，做买卖的人太多了，他又搞养殖，在建丰农场养过羊，现在又在老家养牛了，红侠有时给他当个帮手。

我至今觉见，是 1982 年的那场大雨改变了红侠的命运。要不是那场大雨，姐姐和姐夫就不会走不成，也没人想起顶户的事，红侠就没有城市户。没有城市户，红侠就考不成技校，她在大队小学本来上得好好的，每次考试差不多都是 100 分，她要是一直念下去，参加高考，很可能就考上了。

老天爷真是捉弄人了。

好在当年下岗后，有人起来闹，总算给众人把社保入上了。现在，红侠总算也领上退休金了。我真希望红侠苦尽甘来，能过上安心日子。

# 永林

——

1980 年，我们那儿刚开始实行包产到户，那年二儿子永林五岁。包产到户后，人们干劲可足了，我在地里忙着干活，顾不上照看小孩，把永林一个人丢在家里。那时候，农村没有托儿所，没有幼儿园，大队有个小学，到虚岁八岁才收了，小了不要。

好歹等到八岁，我说快上学去哇。开学那天，永林去报了名，回来他给我说，老师让他数一百个数，他一口气数了一百多，老师不让他数了，给他第一个报名。

上小学的时候，永林经常参加数学、语文和毛笔字比赛，拿过全县一等奖。每次去比赛，我就给烙上烙饼，让他拿上。
有一次他参加数学比赛，我看见他挺辛苦，就说，这次不拿
烙饼了，烙饼干哇哇的，不好吃。我给他拿了两块钱，让他
看是买糖麻叶了，还是买饼干了。结果等比赛回来，永林给
我买了一双丝袜子，他看见我穿的袜子补着补丁，就买了双
新的给我。剩下的钱，买了两个饼饼，他吃了一个，给我拿
回来一个，让我吃。我说："让你买的吃，给我拿甚了？家
里有饭了哇。"他说："人家卖的这饼子你没吃过，也尝一尝。"
说得我不知想哭了，还是想笑了，眼泪噙也噙不住。

二儿子去比赛，我给拿了两块钱，他没全得花，给我买了一双丝袜子、一个饼子。

二儿子上小学的时候，放学回来给间葵花苗子，种的时候为快了，点的籽多，长大点就得间成单苗子。

　　人们见永林爱念书，跟我说，这娃娃天生是念书的料，脑子里有玩意儿，跟其他小孩行为、动作不一样，大了也错不了。我也说，就让他好好念书，将来考个大学，有出息。

　　正上高三的时候，老汉听了他妹子的话，不让念了，让去学技术。我就给永林说，千万不能听他们的，说甚也得考大学。万一考不上，学技术也要学自己爱好的。老汉跟我吵架说，就是考上大学，他也不供。我去跟大女婿小金商量，小金说："妈，你别怕。他老子不供，我供。"

二儿子上初中骑的自行车。

　　老汉嫌我不听他的，天天和我寻气（故意找麻烦或闹别扭），我就去临河到大儿子永强家。下了火车，离永强家还很远。那时候是一九九几年，还没有电三轮车，就只有脚蹬三轮，跑城内要一块钱。一块钱，我也舍不得坐呀，就顺着路边走。走着走着，看见路边围着一群人，过去看，是个算卦的。

　　我悄悄问，算一卦多少钱？人们说，随你了，一块、两块，再多也行。我就等人家先算，算完了，我也让给算一算。算命先生问我生辰，又看我手纹，他说："你太软弱了，在家里别说掌权了，连个说话的权也没有。家里一天也不安稳，不是你来吵，就是他来闹。你家二女儿和二儿子是两个文才，二女儿现在文不成武不就，要文化没文化，要工作没工作，念了个半途而废。二儿子将来要从军事上发展呀，要把握好机会，一旦错过再也找不回来了。"算完卦，我给了两块钱。

　　也不知是巧合了，还是甚原因，那个算命先生把我和二女儿红侠都说准了。回家后，老汉又跟我寻气，我尿都不尿他，让永林把高中念完了。头一年他虽然考了全班第二，也没探上大学录取线，我又让复读了一年。

　　1994 年，永林考上大学了，我又是喜又是愁。喜的是儿子考上大学了，愁的是学费哪来。现在想起来还心酸了，儿子上

这是村子里淌水（浇地）最重要的两条渠，哈拉乌素渠和增家渠。
二儿子去公社上学，就走哈拉乌素渠陂。

大学走时，连一件新衣服都买不起。我把他大姐夫的衣服给改了改，翻新了两件给拿上，大儿子永强给了一身他自己的衣服。家里没有多余钱给拿，永林后来就当家教挣点生活费，大学四年，几乎没吃过饱肚子。有一次，我跟我姐的二儿子军军说起永林的情况，军军给寄了八百块钱，可顶了大事了。

2001 年春天，永林研究生也毕业了，他给我打电话说："妈，我在上海第二军医大学找到工作了。"我想起当年算命先生说，你二儿子将来要从军事上发展呀，也是怪，还真应验了。

永林在部队待了十二年，2013 年春天，他转业到上海大学了。永林说他还是爱在地方大学当老师，各方面自由，也不用天天往单位跑。这些，算命先生没说。

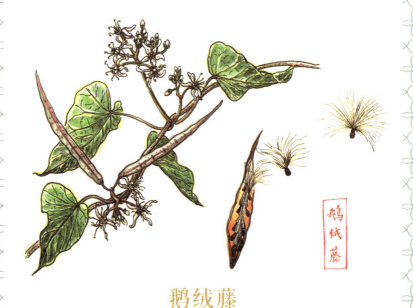

# 鹅绒藤

*Cynanchum chinense* R. Br.

　　田边的灌木丛里，时常能见到一种叫作鹅绒藤的萝藦科植物。纤细的藤蔓蜿蜒于高高低低的树枝间，它仿佛在探索无尽的未知世界。夏末，鹅绒藤结出一对对细长的蓇葖果，好似倔强挺立的羊角一般。到了深秋，果荚爆裂，长着绒毛的小种子们无比浪漫地随风飞舞，从此，再也没有什么能够束缚住它一颗渴望自由的心。作为一个普通人，东莉却常想着在世界中挣脱世界，在人群中走出人群，从而成为像鹅绒藤和它的果实、种子般的存在，这委实有些"麻烦"。毕竟，社会不是灌木丛。令人惊讶的是，尽管人到中年，东莉仍像是从无名山里跑出来的野孩子，仍完好存留着源于天地自然的某些神秘和倔强，并用全部身心蹚出一条奇妙的人生道路。

# 我的儿媳"芮员外"

一

一

"芮员外"和我二儿子永林是大学同学，1998 年夏天，永林大学毕业，把"芮员外"也领回来了。"芮员外"的大名叫芮东莉，我第一次见她，就觉得是个挺不错的闺女，长得白白净净，大眼睛，细眉毛，个子不高，是个四川攀枝花姑娘。"芮员外"的性格跟别的姑娘不太一样，人家一般是讲究吃呀、喝呀、穿呀、戴呀、逛逛街，看看红火热闹，"芮员外"到了我们这儿，喜欢黄河、沙窝和庄稼。永林就带着她去看黄河，去沙窝、庄稼地里玩。

那时候，我家的生活条件不好，"芮员外"也不嫌我家穷，第一次见面，我连点见面钱也没给。"芮员外"是个城市娃娃，我们住的虽然是个小镇，其实跟农村差不多，甚至还不如农村干净。上厕所都是去公共厕所，一到夏天，里面尽是苍蝇，冬天又冷得冻屁股。"芮员外"从来也没说过待不惯呀，或者不高兴呀之类的话。他两个念研究生的时候，寒假回来，我们给领了结婚证，也没给铺排典礼，当时家里实在缺钱，连一件衣裳也没给买，永林说，他们有他们的主意，用不着这些。我老想着甚也没给置办，东莉嘴上不说，心里肯定不高兴。我时常内疚，总觉得对不起儿子和媳妇。可东莉从来没说过二话，对我们还可亲了。

2006 年，家里人商量，想让我们搬到临河住，这样好跟大儿子永强离得近些，方便招护。当时，永林刚工作了五年多，东莉念完博士，参加工作不到两年。我把想法跟永林和东莉说了，他俩甚话也没说，就把钱汇过来，让我们在临河买房子。那个时候，永林和东莉自己还在上海租房住了。

我们那儿的风俗，是首先得给儿子刨闹钱，买房子。儿子大了的人们，一说就是愁死了！我说愁甚了，愁哇顶用了？我哇两个儿子，都没给买房子，二媳妇哇更是一分钱也没给。人

们说，哪有你那好命了，一分钱不分，白捡个媳妇，哪能跟你
比了。人们说得对，有的年轻人，你给他花了钱，他还说这也
不对，那也不对，经常跟你合不来。

搬到临河，永林和东莉也为我们高兴。春节回来，他们给
我买的金项链，给老头子买的金戒指。亲戚们知道了就说，你
有这么好的媳妇，老来老享福呀。

我第一次去上海，第一次坐卧铺。

## 二

2007 年快过中秋节的时候，永林和东莉硬是打劝我来上海，和他们住一阵子。来了我才知道，他们租的是人家的毛坯房，地是水泥地，阳台也没封，除了房门，里头的房间门都是自己找人安的。床、衣柜、桌子都是买的旧家具。他两个跟我说，这个小区绿化好，对面是闸北公园，很符合他们的心意。

我是觉见他俩日子不容易，上班没几年，就那点工资，上海是高消费，甚东西也贵，结果还给我买这买那，带我四处玩。

2009 年，老头子去世了。东莉和永林不放心我，又叫我来上海。这次，我是和二女儿红侠，还有外孙王杰在暑假一起来的。东莉和永林不光带我们在上海转，还带我们

2011年5月3日、13℃～18℃、阴空气重度污染。

蔷薇单层花瓣嘌
小白花少为发点粉，杆上有小刺有点香味。

二月蓝

我看见一双蝶在上面飞去的，很喜二月蓝。

橘子花
气味香甜
小白花花瓣发点厚。

蔷薇双层花瓣·叶子比单层蔷薇多两片。

紫荆的豆尖

蜜蜂在花
上落的了。

蔓长春花
像瓜条一样
在地上爬的
叶子多花少。

去了杭州。国庆节,他们又带我去了厦门,我一个西北老农民,第一次经见了大海。

2011 年春天,永林和东莉又打电话让我来上海。我本来是想,这次说甚也不去了,我一个老农民,连退休金也没有,能去两次上海就很满足了。再说上海的东西又贵,多一个人就多一笔开销,儿子媳妇的生活也不是多么富裕。正说着,东莉拿过电话说,妈你快来呀,你见过上海的秋天跟夏天,还没见过上海的春天,这里的春天才好看了,有好多好看的花你没见过,快来呀。说了半天,我还是不来,他俩就从我大女儿红梅那儿要了我的身份证号码,给我订了飞机票。

### 三

到上海的第二天,东莉和永林就带我去了大宁灵石公园。当时,白玉兰和樱花开得正好看,还有很多我不认识的花,红的紫的都有。晚上东莉把在公园里拍的相片放到电脑里,让我照着相片,画里面的花。我说我哪会画画了?我才念过一年半的小学,连大字也不认识几个。结果东莉硬是拧着让我画,磨了我好长时间。我为了逗她开心,就拿起笔来画。

我心想,等我画出来歪歪扭扭的,他们肯定会笑我。我画了一张,他们没笑我画得难看,而是笑我右手写字、左手画画。

第二天，东莉还让我画，说不管好看难看，都得画。等他们上班去了，我就去闸北公园锻炼身体，看见好看的花，就把掉在地上的花瓣和叶子捡回来照着画。东莉还让把花名、年月日、地点和天气情况也写上去，说是以后好查看。晚上，东莉下班一回来，就给我"检查作业"。

以前我认识的字不多，为了能完成"作业"，我又开始查字典学文化。永林给我买了一本《新华字典》，我就按拼音在里面找要写的字。但还是有好多字头天写了第二天就又忘了，东莉就找了个本本，让我把常用的字一遍一遍地抄写下来。一开始，标点符号我也不知道用，一句话从头到尾连在一起。后来我才省得有逗号、句号，以前我最多就是点上个黑点点。就这样，我认识了好多字，好多花，好多树，还认识了凤蝶和其他昆虫。以前在农村，我们管蝴蝶都叫蛾蛾，大蛾蛾，小蛾蛾。有一天，我在公园里看见一对凤蝶，晚上我跟东莉说，今天我在公园里看见一对大蛾蛾。东莉拿起画一看就笑了，说这不是蛾子，是凤蝶，蛾子跟蝴蝶不一样。

过了一阵子，东莉下班回来说："妈你画的画，网友们可喜欢了。你要继续画呀，不能停，他们要转载的。"当时我不懂什么是"转载"，也不知道"网友"是个甚，也不好意思问媳妇。心想，我的画在家里搁着，没人来看过呀。后来才知道，是东莉把我的画放到她的博客上了。我根本没想到别人能看见我的画了，我画下来，是准备拿回内蒙古跟家里头的人翻着看的。

没多久，闸北公园里我爱好的花都画过了，我就想不起来再画甚了。东莉说，除了花，果实呀、鸟呀、虫子呀，都可以画，咱们现在做的叫"自然笔记"，除了你喜欢的，其他的植物、动物都可以画。我这才知道，自己不光是在画画，还是在给大自然做"笔记"。有一次，我在公园的草坪上看见一群麻雀，就做了一篇麻雀寻食的自然笔记。过了几天，永林从小区门口买回两份一样的报纸，笑嘻嘻地跟我说："妈，有一件大喜事，你看看是甚？"能有甚大喜事了？我猜不着。永林说："妈，你给麻雀们做的自然笔记上了报纸头版啦！"

因为这件事，东莉高兴得要教我学电脑，说我学会用电脑以后就可以自己上网开博客了。我说我连电脑上的字母也认不得，哪能学会了。东莉说，慢慢学，肯定能学会。她首先把大写小写的字母抄在纸上让我背，我以前认得拼音字母，但是从来不省得字母还分大写小写，现在才知道，字典上的拼音检索里头就有大写字母。我一天到晚翻字典，连这个也不知道，真是笑死人了！

要在电脑上打字，就得一个字一个字念准了拼音才行，我不会说普通话，就跟着电视上的人学，也跟着永林和东莉学。等我知道怎么打字了，永林和东莉又开始教我学上网。永林把每个步骤都抄在纸上让我看着学，晚上回来又手把手教。刚开始那几天，我常常是他们教的时候觉得会了点，第二天中午东莉打电话回来问我白天练了没有，我说，我连电脑也忘了怎么开了。晚上他们回来就继续再教，到第二天东莉打电话问我白天学习了没有，我说我打开电脑不知碰到哪了，出来一些乱七八糟的东西，连关也关不掉了。晚上东莉下班一进门，就让我打开电脑当着她的面操作。有一天，我怎么也学不会，东莉来气了，说："今天学不会，不许吃饭。"永林听见恼了，把东莉说了一顿："学不会就算了，还能不让吃饭？"到第二天，轮到永林教我，我刚开始会了，过了一会儿又忘了，这下永林也着了急，说："今天学不会，不许睡觉！"东莉听见笑得不行。

永林看我老是记不住，怕我太辛苦，就说："要不算了，不学了。"东莉说："不学可惜了，让妈自己拿主意。"其实我也想学了，就是没文化，学得太慢。我心想，只要肯下功夫，我肯定能学会。我就说："我学呀，只要你们不嫌教得麻烦，我就学。毛主席语录里说了，'下定决心，不怕牺牲，排除万

2013年9月14日
28℃～33℃

菱角

柳雪毒蛾

中白鹭

黑水

螳螂

黄鳝

上海科技馆
湿地的志愿者
们为了环保，不让池塘里的
水污染，我们冒着三十几度的
高温去捞池塘里的杂草，汗水把
我们每个人的衣服都湿透了。有些草不捞
会腐烂的，有的草长到一个季节它就死了，
常在水里泡会很臭，它臭，水也会臭的，
那就成了臭水沟了。

领队姜在捞草

芮末莉
在抬筐

难、争取胜利'。老古人也说了，'牛头不烂，多费两炉柴炭'。只要天天学，我不信我学不会。"

就这样，他俩一下班就教我，我慢慢儿学得能简单上网查资料了。有一天，我从网上查到我大弟弟的单位，还看见他的两张照片，我又查到五原县过去的一些有名的人，像开发大后套的"瞎进财"王同春，就更有兴趣了，也更有信心了。再后来，我就能学着发博客、传照片了。

那会儿，永林和东莉天天都要去单位，东莉她们单位上下班还打卡了。有时候，他们下班回来得迟，看见我不开灯坐着，以为我是寂寞，其实我是习惯了，没有事干，就不开灯坐着。东莉说，她准备带我去结交结交新朋友。从此以后，她出去参加志愿者活动，就时常把我带上。

刚开始，我不懂甚是志愿活动，慢慢才知道，志愿活动就是光干营生不挣钱。最早的一次，东莉带我去了上海科技馆，那附近有一个水圪洞，志愿者管它叫湿地，他们要从水里面往出捞杂草，拾垃圾，为了保护那一片儿的自然生态。我看见人们穿的衣服都挺干净、展活，心想他们哪能受下这苦，结果干起来大人小孩都抢着做，东莉把衣服、鞋、袜子都弄脏了。回来路上，我说东莉你现在这身衣裳，人家还以为你是个农村来的打工的。

就这样，我在上海一直从春天住到冬天。12月份，上海天冷了，我实在住不惯，要回内蒙古了。东莉和永林怕我一回家就再也不学电脑，不做自然笔记了，就专门买了一个果红色的笔记本电脑让我背回家。我知道，他们是想让我多动动脑子，老年人多学习学习，对大脑有好处。回到内蒙古，外孙金雍又成了我的老师。电脑里的广告是真多了，有时候一不小心点错了，跳出来些乱七八糟的广告，怎么也关不掉，我就叫金雍帮我。上海买的《新华字典》没带回来，我就用永林小学时候用过的一本字典。我一遇到不会的字就翻它，后来翻烂了，我就拿针线缝块布，给打上补丁。大女儿红梅说，烂成这样了就别用了，用金雍那本新的哇。我说，哪本字典也经不住我这么个翻哇，新的用不了几天就让我翻烂了。

东莉看我回内蒙古还肯用功了，使劲儿夸我。

四

2012年春节，永林和东莉回内蒙古陪我过年，听说王军在建丰农场养羊了，东莉就想去那里玩。

建丰农场早以前是个荒滩，1949年之后，成立了劳改农场，劳改犯们在那里垦荒种地。七十年代，这些人有的下放到各个

生产队了，有的释放了，有的平反
了，人越来越少。改革开放后，又
有人去那里种地，王军家亲戚也在
那里弄了些地，养了羊，后来不养
了，也不在那里住了。王军知道那
里草多，有房有圈，就去养羊。

正月初五，我、红梅、东莉和
永林一起去了王军那儿，进门喝了
一口水，东莉就穿上大皮袄跟王杰
去放羊。第二天上午，王军他爸和
王军的妹妹、妹夫也来了，一群人
在家叨拉，东莉是和王杰放羊了。
吃过午饭，东莉陪大家坐了一阵儿，
就又出去放羊。不大一会儿，她抱
回两只刚生下的小羊羔来，小羊羔
身上黏糊糊的，东莉也不嫌脏，拿
布子给小羊羔擦黏沫，扶小羊往起
站。我还说东莉挺会弄的，不像个
城里人。

小羊羔刚生下，不会站，东莉扶着址往起站。

# 牧场轶事

2013年2月14日～18日
内蒙古原县建丰农场，羊群150多只羊。
晴到多云，最低温-16℃。

非常有爱心的羊妈，极聪明，和小羊寸步不离。

胆小的花猫。住在凉房，时常光照羊圈。没人知道它去干什么。喜欢和轶事朵玩，身手敏捷。

2月15日凌晨降生的羊羔，漂亮而健壮。最幸福的是有个好妈妈。

轶事朵。3个月大的羊羔。

被妈妈遗弃，靠牛奶为生，和人极亲近，总是想尽办法跟着人进屋。近两天有点拉稀。

没有名字的看门犬，令人畏惧，会自己解开脖套，冲着我们猛吠了三天，差点咬了我和王杰。唉

· 东莉绘制的"放羊"自然笔记 ·

过气的"羊王"，本地杂交羊。
高约1米，长约1.6米，
羊群里最雄伟的家伙。霸道，却
没什么爱
心，也没
有头领风范

"花嘴巴"，非常瘦弱，第一天生
下来几乎无法站立，也不太会叫，
第二天吃完母乳后，
好多了，第三天夜里
叫得我们无法入睡

"花嘴巴"

2月15日中午出生的小羊
四胞胎中最大的
一只，最小的那只
没过多久就死去了
羊妈妈也不太喜欢它嘴巴

最聪明，也最有爱
心，护母羊也护羔，
总是勇敢地和人交
流，非常领本群羊

真正的领头羊 —— 小尾寒羊·杜泊

"加菲猫"，极肥。

住在外面，
一日三餐
却回来
吃，和缺
身朵玩完后，
总是伸出爪
子恐吓它。

　　下午，王军爸他们都回去了，王军要回五原粉碎葵花片子，给羊做饲料，没人跟王杰喂羊，王军担心王杰一个人忙不过来。东莉说："二姐夫你去吧，有我跟永林了。"晚上天冷得厉害，东莉和永林怕刚生下的羊羔冻死了，出去看了好几趟。半夜里，天更冻了，东莉还要出去，我和红侠不让她出去，怕把她冻坏了，这里跟南方不一样。东莉说没事，穿得厚一点，冻不着。我戏东莉说："你二姐夫正要雇个羊倌了，这不就是个好羊倌，就把你雇上哇。羊倌可有权了，想喊哪个喊哪个，想打哪个打哪个。"我们在建丰待了好几天才回临河，在那不觉见，回来才闻见，每个人身上都是一股羊粪味。

　　东莉是个认真的人，一件事情她但凡要做，就要做好，不半途而废，并且肯闯肯干，敢做敢当。自从 2011 年我开始做自然笔记，她和永林就一直鼓励我做下去。我在临河把公园里的花花草草都画了，记录了，就开始画我记忆中的庄稼，记录我们河套地区的一些植物和动物。东莉和永林看了，说我做的不光是自然笔记，还有农事笔记、生活笔记。东莉说，妈你好好创作，将来我们给你出本书。我只当她哄我开心了。可是到了 2014 年，东莉硬是利用下班时间，把我写的画的整理成了一本书。2015 年 5 月份，书真的出版了，我是想也不敢想，自己这

郑英女

朱莉

马海鹏

深圳搞的个祖孙三代做自然笔记活动,马海鹏邀请我和朱莉,还有
郑英女老师去给讲课,讲完第二天我们去看大海。

辈子还能出本书。书里头有我画的一片胡麻地，胡麻长得蓝格莹莹的，东莉和永林很喜欢，我这本书的名字就叫《胡麻的天空》。

出了书，电视台邀请我们去录制节目，编导小姑娘周正说，你们婆媳俩，看起来像一对闺蜜。我觉见，生活上我跟东莉就是一对母女，平时别说吵架了，连脸也没红过。但在学习上，东莉是我的老师。2018 年秋天，东莉说深圳的朋友马海鹏，要组织一家三代人共同做自然笔记的活动，邀请郑英女老师、东莉和我去讲课。我怕讲不来，不愿意去，东莉说，不行，妈你一定要去，你不能遇见事就往后退。永林也鼓励我去，于是，他俩就帮我起稿子，打印出来让我熟悉。白天是我自己练习，一到晚上，我就得对着东莉讲稿子，像个背课文的小学生。她自己倒舒服了，躺在摇摇椅上，二脚板翘起来，就像过去的老爷太太一样，还指拨下人了，一会儿说这不行，一会儿说那不行。有时候，我是越讲越乱，就想放弃，不去了，东莉硬是坚持，帮我一遍遍地磨。

11 月 9 日，我们出发去深圳，永林至那时还担心我，怕我临到现场紧张，讲不出来。第二天上午讲的时候，不管大人小孩，都可注意听了，还给我鼓掌。我讲完了，他们又跟我交流，说要学习我的精神劲儿。活动组织者还预备了三十本《胡麻的天

空》，请我签了名，一本一本地送给在场的听众。东莉给永林
发消息说，放心吧，妈讲得可好了。我也很高兴，觉得对着那
么多的人，自己没被吓住，挺好。既认识了这些听众，又长了
不少知识，辛苦没有白下。永林把这消息告诉了家里所有的人，
娃娃们都夸我厉害，又迈出一大步。

## 五

在我眼里，东莉是个善良、活泼的年轻人，说话声音细细的，
又脆，有时候听起来，可像小孩的声音了。自她教我做自然笔
记和学电脑开始，我俩有了共同语言，共同话题，我就常跟她
开玩笑，叫她芮老师、芮师傅。我还夸她是员五虎上将，不是
那日馋鬼伴炕，能吃能睡不能做。永林说，上次去深圳讲课前，
东莉可是把妈当小工一样对待，我说，东莉人家现在是员外了，
学会指拨人了。"芮员外"这个外号，就是这么来的。

"芮员外"是个热心人，跟她许多朋友都处得特别好。但
"芮员外"不是那种嫌贫爱富溜官发财往上爬的人，她最看不
惯的就是这些。我还说，该溜的也得溜，该送的也得送，现在
走到哪都是这样，不请客，不送礼，不求人，就办不成事，送
得少了还看不上，就得多送点。我当了一辈子老农民，被社会
欺负怕了。东莉说，我就是不要工作，也不和他们同流合污。

东莉把绑住她的"绳子"解开,扯断扔到地上。

可惜，这么好的一个年轻人，又能干，就是没人重用。2018 年春天，东莉从单位辞了职，成了她说的自由撰稿人，自己给自己干，再也不用早晚挤地铁，不用见自己不想见的人。如今，东莉自己给自己当"员外"已经三年了。

# 我们家的中老年人

吕永林

一

　　2018 年春天之前，东莉和我常年在上海租房住，公家的，私人的，都租过。刚开始年轻气盛，我们曾放出豪言，要租遍上海滩，仿佛这著名的都市繁华中，必有些我们的去处。当然，那只会是句玩笑话，但我们也确实租住过几个地方，时间最长的，是一套散发着白灰和水泥味儿的崭新毛坯房。那时候，花几千块钱，你就能从廉价旧货市场淘来床、衣柜、写字桌、椅子、斗橱和电视机柜等，再花几百元，请人安装几道简易之门，将水、电、煤、有线电视开通，你便能在空空荡荡间，享用起别人家买的新房子。客厅里有时会存留我和东莉说话的回响，春风穿堂的秘语，还有一二只游弋于虚无中的苍蝇的哼哼。房东黄先生和他妻子人很好，除了随市场行情每年涨房租之外，很少找由头来"视察"我们，而且，他们收的租金总会略低于市场价，并让我们连续租了十二年，直到他家儿子长大。十二年里，我们眼见小区移栽来的海棠、银杏、香樟、一叶荻、马卦木不断长高，长密，冬天的蜡梅、红梅开了又开，然后在 2018 年的春天告别。2018 年，我四十挂三，东莉小我一岁，我俩开进上海，已逾二十载。

夜光蝾螺（残）
宽45mm.质厚

彩饰榧螺
长52mm.

蝾螺科？种名不详.
宽30mm.长23mm.

楠形芋螺
长5cm.50mm.

疣缟芋螺
长63mm.

笛凤螺
长45mm.

笔螺科,
种名不详.
长46mm.

橘色乳玉螺
长33mm.

水晶凤螺
长54mm.

棒链螺
长120mm.

双沟鬘螺
长45mm.

· 东莉为我们从海南捡回的螺壳所做的自然笔记 ·

　　这告别是为了新生。用老师蔡翔先生的话说，我和东莉总算开始住自己的房子了。只不过，房子产权归集体所有，一时半会儿还到不了我们手里。

　　我和东莉是"铁丁"，也不喜社交。我们的客厅没有电视和沙发，没有育儿或会客物件。客厅南北两面墙上，都装了玻璃橱窗，像自然博物馆那样，用来分类摆放我们和家人捡拾、收集来的自然物——凤凰木果夹，橡胶种子，长车碾，桶形芋螺，白头鹎巢，乌鸫巢，枯叶蝶，柳紫闪蛱蝶，中华大锹甲，独角仙，星天牛，云斑白条天牛，三叶虫和跨马虫化石……除了可移动的电脑桌椅，客厅中央东西极少，以便于自由行走。遇着好的清早，自然物上晨辉掩映，四处是栩栩生动，让我们感到幸福。

　　这样一说，似乎有点"小富即安"的意思。实际上，我和东莉心里同时揣着不安。每到冬天，我们楼和旁边一栋新楼，几乎会将后面一栋五层旧楼整个上午的阳光挡掉。而早晨照进我们屋子里的光，到了九点多，也会被那些更靠前的高层挡住，因为所处楼层低，我们要重见日头，需到中午才成。任何时候，从我家窗口望见的只有几角零散的天空和远方，虽说在上海，远方多半是霾，但远方毕竟是远方，总比横在眼前的一栋栋高楼强。可同后面那些被挡去更多光亮的人相比，我们这点苦恼又算什么。

这就是我们的位置：在岁月的中间，人世的中间，安与不安的中间。

二

2020 年秋天，姐来上海复查病情，二姐陪着。复查结束后，我和东莉带她俩到杭州玩。四个人在浙大隔壁的青芝坞住下，想体验体验"云水空山入坞青"的滋味。杭州着实迷人，尤其是西湖区，第二天，我们起个大早，直奔保俶塔下的白堤入口。天虽阴着，不时还落几点雨，但深秋的晨凉叫人头脑清明。放眼望去，右手边小半湖之上，北山草木斑斓，秋色四染，近处残荷墨莲间，小䴙䴘和斑嘴鸭或兔或潜，或栖或隐，又有鸳鸯逐水相戏，大家见了好不开心。当我们从白堤溜达到曲苑风荷，又从曲苑风荷溜达到苏堤时，姐、东莉和我兴致不减，要沿苏堤继续漫步前行，唯独二姐流露出无心再逛的意思，想回客栈去。

一到客栈，二姐就开始往内蒙古打电话，可拨了几次，老也接不通。问她，才知来上海之前，二姐便听说她今年能拿养老金了，这个月正式发放。她心里着急，想知道自己一个月能领多少钱，因此给五原的民政局打电话。自 1992 年下岗后，二姐跟无数下岗者一样，在没了先前工资的同时，还需年年往社保账户里专门填钱。二姐这一"填"，持续了将近三十年。三十年的时间，可打包一个人整个的青春，再加大半个中年。姐安慰二姐说，"肯定不会少，我现在每月领三千出头，你应该至少两千以上。"但电话打不通，二姐心中终究起伏不定。

　　午睡起来，天仍阴着，四人步行前往青芝坞边上的杭州植物园。东莉带我们先去看玉泉池里的大鲤鱼，因疫情未尽，又是工作日，园内游客稀少，恰好那一会儿，云层舒卷开张，漏出午后阳光，只见日影穿廊，鱼闲水静，还真有点"湛湛玉泉色，悠悠浮云身"的感觉。随后，我们又往植物园深处走去，这园子位置好，开在桃源岭上，一路上随处是好花好草好鸟好木，让人赏之不尽。行至一道旧回廊，姐和二姐坐下休息，回廊附近有一片灌木和几棵北美红杉，东莉像只小兽，一头扎进灌木丛，去开展她的自然探秘活动，我则去打量北美红杉，看介绍，原来关乎中美友谊。此时日已西斜，遍洒其独赠秋天的光，生满苔藓的杉树上，一层层浓郁明亮的金色涂抹，显得既静穆，又辉煌。忽然，我听见姐和二姐说话的声音高亢起来，似乎带着某种突如其来的喜悦。我即刻走过去，二姐说，她打给五原民政局的电话终于通了，之前竟忘了加拨区号，对方是固话，不是手机。我忙问情况如何，二姐开心地说，她本以为每月只能拿到一千六左右，如果那样，也算不错了，没想到每月能有两

2020年11月1日，阴有小雨，16~21℃。
杭州灵隐景区永福寺。高大的
松树上忽然飞来20来只灰喉
山椒鸟，"咻-咻-咻-咻"。红、
黄色团让人目不暇接。
正看得起劲，不知从
哪儿蹿出两只松鼠，
追逐打闹，惊得山
椒鸟飞去。

灰喉山椒鸟♂

灰喉山椒鸟♀

鸳鸯♂

11月2日上午，西湖观鸟。
白堤残荷边，一对鸳鸯
在交配。

孤山公园湖边，
数十只鸳鸯聚在一起，接受
人们的投食。

鸳鸯♀

曲苑风荷公园里，斑嘴鸭成君羊，小鸊鷉也很多。

· 东莉为杭州的鸟儿所做的自然笔记 ·

11月2日下午. 晴. 21℃. 杭州植物园.

大果冬青果实

领雀嘴鹎.
爱极了大果冬青
的果实. 大快朵颐.

不 |←1cm→|

1枚果实中约
有7粒种子.
果实尝起来
略苦. 汁多肉厚.

大果冬青树

红嘴蓝鹊
十来只. 躲在
大果冬青茂密的枝
叶间. 飞起时, 长长的尾羽
舒展, 美得不可名状, 如神
鸟降临凡间.

树高六七米, 果实累累.
吸引成群的鸟儿来啄食.

千六！真没想到有这么多！姐也开心地说，我不就说了吗，肯定能有两千多。

晚上回上海，二姐跟姐将同样的对话又重复了几遍。不用说，二姐心里定比来时宽松太多，我们都为她高兴。从此，二姐也就步入了社会保障意义上的老年人行列，虽然她只比我大五岁。很显然，这一月两千六的退休金，能给二姐带来不可替代的心理支撑，在种种现实的挤压之下，她是盼望着早点奔赴这个"老年"的。

三

姐和二姐回内蒙古后，上海天气渐冷。一日上午，我在厨房北望。后面的那栋五层旧楼，从早晨到中午，始终处在我们制造的阴影中，它的北面，中环近在咫尺。高架上，汽车的奔流量似乎永远丰沛，不会休歇。北面窗子只要开个缝，无边的噪音便如同染病发狂的大雾，直灌进来，我们的房子是装了三层玻璃，才将它大体挡住。我常常假想，要是自己正住在对面楼里……哦，还好没有！现实之我，要比想象中的我幸运，但这幸运，却捆绑着债务。我在谋求安身立命的同时，也将另一个"我"挡在阴暗与寒凉之中。

　　春天的情形会好些吗？刚搬来时，我曾见一位个子极矮的女子，常在旧楼外晒太阳，时间多是在正午时分，太阳升到了最高。不时陪着她的，是一位中等身材的男子，像她的丈夫。有时候，他们一起坐在全楼供水箱底围生锈的栏杆上，她会把脸埋进男人的胸口，甚至，她会将整个身体托付给他，从楼上望下去，就像一个被大人怀抱的孩子。后来，我看她行走缓慢的样子，忽然猜想，她是不是怀孕了，也可能，她生着什么病。再后来，他们许久不曾出现，我还一直希望哪天能重新看到他们。但这愿望落空了。

　　盛夏的情形会好些吗？一年多前，五楼斜对过曾住过一对年轻情侣。他们阳台上挂了一面镜子，镜子下是洗脸池。一日清晨，姑娘正在照镜子，忽而转身，双臂举起，又叫又跳地冲进屋里，大概是有什么特别开心的事，也可能是她听到了情人说的甜言蜜语，于是即刻奔向他。夏天结束后，那对小情侣就搬走了，也不知去往何方。他们待过的那个阳台，至今再没人出现过。

　　冬天的情形可能最糟糕。寒潮中，那栋旧楼的排水管冻裂漏水，一个门洞旁边的地面结了冰，保安铺上垫子防滑，像一块新打的水泥补丁。那地面上的水泥补丁很多，跟许许多多的

中国街道一样。旧楼墙面上的粉白久经风雨剥蚀，已成灰土色，
且积攒了各种污渍。楼顶防雨的斜坡也极陈旧，残损破败，不
像隔壁小区那些老楼的坡顶，几年前改造过，砖红、挺立，还
探出些小巧的白色阁楼窗，阳光下，它们让整栋楼有了呼吸，
有了活气。我眼前的这栋老楼，似乎少人有管，因此得不到多
少眷顾。

　　幸好我们不住在对面。我常常这么想，带着恐惧和自私。
同时，我也一再满心惶恐地确认，这么多年来，我们所谓的努
力进取，不竭向上，其实有太多的内容属于逃离——逃离永恒
的底层，逃离树的根基，为了追求所谓的幸福，我们欠下种种
债务，阴暗的债务，对底层，对他人。"把自己的幸福建立在
别人的痛苦之上"，这话并不在我们自身之外，没有无数人的
"受难"，另外无数人的"幸福"将一脚踏空，或者迅速崩塌，除
非所有人都做到彻彻底底的"自食其力"和"自给自足"。

四

　　我一直怀疑，自己没有真正理解二姐，没有真正理解那
些和二姐命运相仿的人，还有那些比二姐更多磨难、更加沉
默的人。

　　有时想想，同为"七〇后"，二姐与我最大的人生分别，只不过是她没考上大学而已。一个时代对普通人命运的分配就这么简单，如来佛将掌心一覆，连齐天大圣都难翻身，何况乎我们。二姐的命运，恰是从她上技校时起被改写的。

　　我们家姊妹四人，二姐大我五岁，哥大二姐两岁，姐又大哥两岁。小时候，我常站在房顶眺望姐、哥和二姐回家的身影。那时二姐和哥在外面上学，姐在外面上班，二姐年龄最小，回家次数最多，我眺望得也最多。河套平原天开地阔，四方皆可极目，以阴山黄河为远。姐、哥和二姐在家时，除了一起下地劳作，我爱跟姐和哥去地里割草，回来喂牲口，爱跟二姐去掏苦菜，然后全家人凉拌着吃这些鲜嫩的野菜，有时也切碎了喂鸡。二姐臂弯里挎一只红柳箩头，手拿小铲子仔细辨识和挖苦菜的模样，一直留存我心。学习上，二姐是我的榜样，她获的许多奖状，后来都成为我念书的目标。

　　母亲常说起，二姐在小学四年级时，就曾自己做过自己的主，跟随大姨、大姨夫到县农场上学，从此，二姐的名字从吕红霞变为李红侠，这也是她自己的选择。可惜到最后，全家人还是服从了爸和二姑的意志，让二姐放弃高考，在五原念技校。结果，二姐1988年毕业，1992年下岗。

　　1994 年，我考上大学，二姐在临河卖口红。家里支援不了
多少起步资金，她只能做点走街串巷的零碎买卖，哥和嫂子之
前已经在临河租房安家，二姐就借住他们那里。当时嫂子也下
岗了，开始干起个体户。二姐生性诚实安静，不会跟人花言巧
语、争夺拼抢，她的口红生意没有持续多久便告失败，只好回
到刘召家中当待业青年，可爸又经常不给她好脸色看。母亲说
有时瞅见二姐一边看电视，一边在暗中抹眼泪，却没办法帮她，
心里很痛。二姐最终选择的出路是成家，对象是二姈介绍的，
就是我现在的二姐夫王军。

　　我读大二时，暑假回家无事，便带大外甥金雍去看望二姐。
她那会儿跟二姐夫开了家粮店，在一个产煤的偏远小镇上。小
镇位于二狼山乌不浪口之外，是我以前只眺望但从未去过的地
方。二姐夫还在当地租了亲戚的草场，养了些羊。记忆中的温
更，是一座满眼煤黑色的地方。镇上只有一条短街，二姐家的
粮店开在街尾，雨后睡梦间，能听到屋边山水隆隆作响地流淌。
白天生意并不好，我看店的那几天，有时一整天也卖不出一袋
面，每回看到对面粮店有顾客进出，我心里就发焦。据说在蒙
语里，温更是"圣洁"的意思，大清早到温更后山上晃悠，能遇
见许多古时的岩画，下山后，脚踩在无人的煤石堆中，听镇广

播台放出李丽芬的歌声："人生本来就是一出戏，恩恩怨怨又何必太在意。名和利啊，什么东西，生不带来死不带去，世事难料人间的悲喜。爱与恨哪，什么玩意，船到桥头自然行……那千金虽好，快乐难找。我潇洒走过条条大道。我得意地笑，又得意地笑。笑看红尘人不老。我得意地笑，又得意地笑，求得一生乐逍遥……"在这"虚无"之地，听那"旷远"之音，真叫人有莫名的超脱，莫名的悲凉。我也曾在正午时登临后山最高处，瞭见北面山谷间有处巨大的绿色牧场，牧场上盛着极度的光明，一团团云影漫游于无边的草叶，真切无比，勾人魂魄。我将这美景告诉二姐，二姐却说她自搬到此地，从未上去过，竟不知山那面有这番景象。

那一刻，我觉得自己在人生路上走失了一个亲人，却无力寻她回来。

五

作为"六○后""七○后"河套子弟，我们姊妹几个在少年时，都曾拥有过最澄澈的天光，都曾以最天真的目光眺望过远方。周末或假期，姐、哥和二姐都在家的时候，赶上天气好，我们会在自家院子里洗衣服，饮牲口，唱歌，那口手动的压水井，就成为整个院落的中心。二十世纪八十年代乡间少年的歌，多

小时候，在暑假里，我们这些年纪小的
孩子的任务就是给家里的骡马羊割草；我们
往往是边割草边玩。

割草累了的时
候，几个人就得下
来歇一会儿；胆子
大，敢骑在马
背上。

· 二姐画的曾经一起玩耍的小伙伴 ·

多年以后，我们几个人聚在一起，
来到康巴什的广场上玩。在那里
摆放着许多马的塑
像。小时候放马却
不敢骑马的银连
终于骑在一匹"马"背上，
圆了儿时一个骑马的
梦想。

半是从录音磁带上学来的，在朦胧时代，遥远之地，那些歌仿佛能召集全世界到你面前。院子中央，高高横亘着一根斜穿东南西北的粗铁丝，铁丝上晾着洗好的衣服，衣服上盛满河套平原的日光和风。记忆中，我们的故乡云白天蓝，大地安适，让人眷恋。但这只是生活的小小一角，那些不美和苦的地方，早在我们生活中投下巨大暗影，年复一年苦役式的劳作，贫困、乏味、肮脏，与向往中美好之地和现代生活的隔绝，落后、孤独、荒凉，过于单纯地倾心于城市，都生出无限推力，要将我们推走。

　　于是，我们姊妹几个都

像院子里的歌声一样飞走了，从各自的少年时代。姐在套海镇
安了家，因姐夫在火车站货运点上班，哥和二姐则分别去临河、
五原念技校，然后走向早已成为"过去"的"未来"。

　　奔赴即逃离。我们都不想过父母般的生活。

　　二姐的逃离不很成功。1992 年下岗后，生活只许她四处
奔波，却不许她安身立命。于是在儿子王杰上小学时，二姐开
始陪读，到外地，直到儿子上大学，才又转回五原，在一所学
校边上开"小饭桌"，给学生娃娃们做饭，却终因颈椎和腰椎病
而作罢。除了全职陪读，二姐基本没寻着过什么适合的事业，
然后便迎来了自己的五十岁。每月领取两千六的退休金，每年
再涨点，从青年、中年迈入边界不明的老年时代，成为二姐最
可靠的归途。从前两年开始，二姐夫又回到他的出生地所在，
在村里养起了牛，还有一些羊，过年时，他哪都不能去，因要
守候牛犊和羔羊诞生，随后，还要伺候它们长大。二姐夫的父
母和姊妹都不在身边，二姐也就和他一起照护着牛羊，抽空出
来走走亲戚。五十岁的她终于可以安安心心地，不用再思谋去
找别的营生。现在，二姐重新整顿身形，望向未来，她背后，
是一片瞭不清的旷野，那曾是我们共同的家园。

　　"老年应当在日暮时燃烧咆哮"，诗人写道。二姐并不老，

她也不会咆哮。送王杰去念大学那年，二姐闭目坐在上海的地铁里，时间在她脸上刻下无言忧苦，她的眼睑微皱，嘴角下沉，面容平淡而寂寞，仿佛仍置身遥远的温更，在那里卖粮。我多么希望，这神情能早点从二姐脸上消散呀。

在家人眼里，我的人生轨迹一直在向上攀升。"你一岁生日那天，家里炸油糕，锅里的油一个劲儿往起冒。姥娘说，这小子将来准有福气！"我中年以后，姐几次跟我忆及此事，她来上海复查病情时，再次说起。姐不知道，我因漠然于"人事"，讨厌功利性交际，不少所谓"福气"皆止于"入围"。好在，我和东莉不养小孩，不用操心子女上学、求职、结婚、育儿等事，我们的住房问题也已解决，不必为这些个人"刚需"辱身降志，故而比别人多了点做减法后的自由，少了点大众日常之扰。东莉的姐姐退休后，因于种种压力，仍选择在民营教育机构打工，实在被盘剥得厉害，有一次她说，"你们过的是天上的日子"，我听了大吃一惊，才意识到我和东莉这点自由自在，已属人间濒危物事。

在学生面前，我常以中老年朋友自居自嘲，一个过四奔五的人，因不通人情世故，2010年获得副教授资格，2018年才被正式聘用，前后加起来，讲师做了十五年。蔡老师说，教授是大学里的温饱线，我知道老师的意思，他是担心我们，如果大环境不妙，势利眼和机会主义横行，那谁也保不准会成为被压折的莘草。但我想，倘若能既对得起学生，又保得住岗，一直副教授应该也可以的。万一这都不成，我跟东莉说，那咱就到抚仙湖边上的尖山小学教书去。

事实上，这只是我的问题，东莉早赢得了解放。我们搬新家的那年，正是东莉把工作单位端掉的一年。她之前评正高，被一个很差的关系户挤掉，结果全世界都神情自若，天清地美人和。东莉盛怒之下，在单位发了一通火，辞职不干，回家当自由撰稿人，同时做做自然教育，从此免去了每日的舟车劳顿、人事烦扰。现在想想，那是一包多么好的炸药，它让东莉终于下定决心，将自己讨厌的生活和生态整个端掉。

东莉生于四川，长于四川，性直心简。年轻时在北方读书，同学惯称她"小辣椒"。这枚人到中年的"小辣椒"，仍不忘咆哮，敢于燃烧。

六

我被人郑重其事地唤作老吕，大约是十一年前的事，有位跟我年纪相仿的新同事来谈工作，极自然地开口道：老吕，你看这个……

刹那间，我的灵魂翻搅，内心充满抗拒。我害怕从此以后，"小吕"会被人拉到万里之外，抛入深谷。

后来，"老吕"之呼虽非天天皆有，却也不绝于耳。所幸东莉从不这么喊我，我俩没有小孩，因此也无年轻人回家就叫："老吕，上菜。"

相比之下，哥可没我幸运，他本就长我七岁，又是快抱外孙的人。如果我要变成实实在在的爷爷辈儿，我的灵魂肯定会再次猛烈翻搅。哥岁数是大了些，今年已五十有三，但他的声音很年轻，电话里听来，尤显清亮，不过在我们姊妹四人当中，哥的社交圈最为混沌庞杂，朋友、熟人众多。母亲说哥小时候差点沾染上抽烟喝酒赌博瞎胡混的坏毛病，还好被她用鸡毛掸子给打住了。2004 年，由于工作单位老在外地等原因，哥也选择了下岗自谋职业，先是在临河给私人老板当会计，后来做账做得脑仁疼，就跟人合伙搞经营，前后开过小型浴场、家具厂、饭馆，还投资过理财产品，结果都不长久。两年前，哥又转回会计老本行，顶着脑仁疼再加左耳鸣，外出给人打工。母亲常忧心哥的情况，然而大家均已成年，不归她管了。我知道，哥小时候皮归皮，但也懂事，老早就知道帮大人下地干活，和姐一样，这方面，他们比我强多了。家里给哥取名永强，我小时候爱当永强的跟屁虫，只是机会不怎么多，我也欢喜永强带他的同学来家玩，他们会夸我字写得好，帮我们干农活，给我家院子里带来短暂的热闹和新鲜气。永强去重庆工作那年，给家里人买了好多东西，最后还托运回几麻袋古今中外的文学名著，其中一本，是汪飞白先生主编的《世界名诗鉴赏辞典》，这本像块青砖般厚实的精装书彻底改写了我的中小学阅读史。

哥一直好交朋友，也爱改名，现在还这样。但我们都叫老吕了，这个再也无从更改。哥是明摆着的老吕，我是不服气的老吕。而我们家资格最老的老吕已经逝去十二年，那是一个终生不得志的老吕，我们的父亲。我们的父亲也是一个好结交朋友的人，还是一个农闲时爱躺着看书的人，一个愿意给我讲民间故事的人，一个大哥二哥三哥大姐二妹全是市民独他是农民的人，一个常跟儿女说"受人滴水之恩，当涌泉相报"，却遇事容易犯糊涂的人，一个会对妻子拳打脚踢的人。

2021年春节，我从手机上翻看亲人们的旧照，借此回望全家人的来处。这一次，我几乎是前所未有地发现，姐年轻时真好看，她跟姐夫在许多地方都留了影，相片上，八十年代和九十年代像两条河流，在他们的青春地界交汇，其中况味，耐人索思。哥在重庆工作时拍的照片也好，九十年代尚且乐观、质朴的一面，还能在他脸上找着。二姐念技校那会儿的相片里，整个人头发和脸上都笼着一层无名的光，仿佛，这颗带伤的年轻心灵还被某种时代精神呵护着，之后生活和现实的冷笑尚未显现。可最终，历史还是给每个人都画了新妆，把我们推向各自陌生的舞台。

2001年春天，姐夫因嗜酒而病逝，姐从此全靠自己，把儿子拉扯大，其中苦处自不必说。姐是保险公司的外聘职工，无正式编制，主要收入跟业绩挂钩，妈说，那些年姐经常是急匆匆地出门，急匆匆地赶路，中间出过数次车祸，她骑助动车，每次都是被开车的撞了。有一次，姐被撞得住了好几天院，把大家吓得不轻，好在没留下什么严重的后遗症。发生在路上的车祸人能看得见，受了伤知道看医生，可发生在心理上的车祸，却往往会被怠慢，于是，这些车祸经年累月地发生，不断堆叠，最终给人的身体带来巨大伤害。五十岁时，姐开始领退休金，但她还是继续做保险，工作压力也丝毫未减，加上种种生活的不顺心，她频繁发脾气，电话中聊起，说是更年期所致。2019年秋天，命运不容商量地让姐慢下来，因为生病，她不得不重

新打理和编织自己的人生。个中代价实在太大，但姐总算扛住
了。2020 年国庆节，我和东莉回临河参加侄女天琪的婚礼，
看姐精神蛮好，除了头发剪得很短，其他方面一如常人，也就
放了心。

七

我常跟东莉开玩笑说："你什么时候把我也解放了吧！"

倘能获得东莉式的解放，那积压在我身上的黑暗感和不安
是否会少一些呢？这黑暗感既来自世界，也来自我自身。来自
世界是说，当你看到时人的种种不堪，就连所谓学者，也常常
对"成功"抱以无边限的热爱，为一己私利左争右抢，你不但会
觉到黑暗的广大，而且会觉到它的步步逼近。来自自身是说，
就算我努力反对自己，尝试"在自己身上克服这个时代"，我也
尚未真正过上一种既可自由前行，又不挡住别人去路的生活。
到偏远之地当一名"不拔尖"的小学老师，也许能部分避免我同
他人之间的厮杀，但我能让自己的学生摆脱各种冷冰冰的社会
竞争吗？

记得小时候，一天傍晚，父亲赶着骡车载我回家，在离村
不远的田边高地上，我们突然望见营子里亮起几点从未见过的
光明，原来是众人盼望已久的电通了。在天地万物的暗影中，

我们见证了远古被现代刺穿的瞬间。在一个刚刚开蒙的少年心里，那就是未来，没有黑暗的未来。如今，父亲早已不在世间，我们姊妹几个也已变成中老年人。我曾想象过的未来，顶多来了半个。少年之我并不懂得，一个人想摆脱的黑暗不仅仅在世界体内，也在他自己体内，我们那时所受的启蒙，还远远不够。

你可能要说，有些竞争利于社会进步。但这社会进步又总在大量制造失意和苦恼之人，其中的账究竟该怎么算。在这个世界上，有没有一些不制造失意之人的自由道路和生态呢？

眼下，大学教职乃一种抢手货，而我恰恰就是大学老师，这教职就是我一路使劲读书跟人竞争得来的，有时，我还搭乘了某些政策的便车。我憎恶人为的等级制，但在作自我介绍时，我以前还不是习惯跟别人一样，按现行评价标准，给那些发过我文章的刊物排一个先后位次。

你看，我不怎么坏，也不够好。我站在社会较量和自我撕扯的中间，像一只马戏台上的猩猩。

这些话，除了东莉，该怎样跟家里人说呢？姐听了会怎样想？哥听了会怎样想？二姐听了会怎样想？母亲听了会怎样想？东莉的爸爸妈妈哥哥姐姐听了会怎样想？

父亲去世时，母亲六十二岁。我隐约感到，往后最容易使母亲衰老的不是悲伤，而是孤独。但这孤独不只是一个单身老人的中国式孤独，更是一个离开土地没有退休年金不爱串门没有朋友缺少个人尊严感和身份感的中国女性老农民的孤独，这孤独，其实父亲在世时母亲就有。好在有姐和金雍跟母亲住在一起，哥嫂一家也在同一座城市，我想。

可世界日新月异，母亲却生活在越来越窄的天地和时光之中，她的生命颜色日渐黯淡，人生舞台日渐颓圮，这绝不只是物质能解决的问题。母亲到上海来，连进入我和东莉的世界都难。东莉说，虽然她跟母亲这么多年相处，彼此都觉得对方亲，可她还是越来越不知

营口路八八九弄小区里

· 母亲画的小区里捡垃圾卖的老人 ·

· 母亲的第一本书 ·

道该和母亲聊些什么。面对母亲一再重复的苦难述说，我也常常觉得苦恼。有时候下班回家，我见母亲不开灯，就静静坐在那里，望向窗外，暮色四合的时刻，窗外实际也看不清什么，也许母亲只是在望向内心，望向她记忆中的哪片原野。我问她觉得孤不？她说不孤，习惯了，在内蒙古也这样，不觉得什么。母亲的回答，叫我愈发感到酸楚。

现实生活中，东莉主意比我多，自从2009年开始做自然笔记，她渐渐给自己开辟出一条接有源头活水的生态小道，还带动了不少朋友。一天东莉跟我商量，说干脆让妈也做自然笔记，反正她喜欢花花草草，跟动植物打了大半辈子交道，在上海，我们三个人最大的集体行动，除了吃饭看电视，不就是逛公园么，正好呀。主意一拿定，我俩立即开动起来，连哄带迫，让只读过一年半小学的母亲跟东莉一起，给公园里的花草树木鸟虫鱼蝶做记录，边玩边创作，刚开始以画为主，慢慢再往上加文字，因此我们同时教母亲重新认字念书。再后来，东莉得寸进尺，又教母亲使用电脑，学拼音打字，还有QQ聊天和开博客。母亲回内蒙古后，那边的家人也齐上阵，妈有需要时，金雍和姐随时实施现场教学，大家一起帮母亲巩固战果。人生命中的某个通道一旦打通，随之而来的，就有可能是泉眼涌现，溪涧奔流，就这样，母亲从自然笔记出发，竟自然而然地把农事笔记和生活笔记也融合进来，使创造的溪流汇成江河。有一篇她为故乡胡麻花做的笔记，画面中胡麻花满地绽放，像远方的天空一样蓝，一样迷人。2015 年春天，母亲出版了她的第一书，名字就叫《胡麻的天空》。我们拿着书四处送人，快乐中既带着激动，也带着释然，更带着希望。

有一次作客辽宁，朋友周正对我说，看你妈妈和东莉在一起，感觉这对婆媳就跟闺蜜一样，我听了开心不已。如今，这对"闺蜜"正筹划着将来合写一本书，一本有关她们婆媳俩日常世界的书，而我则在整理母亲前不久完成的第二本书稿，我们给这本书起了个名字，叫《世上的果子，世上的人》。

每次念及这个书名，我就会想起过年时跟东莉在抚仙湖晃荡的日子，想起路边那棵高大而独立的树，世上梨树能生得那么繁茂浩大，我还是头一次见。白天，它花开满树，随风绚烂，惹无数小蜜蜂嗡嘤其上。夜晚，万物之影静卧四下，它仍吐纳生命的歌，归藏漫天星月。

要是在人群中，我能长成这样一棵树就好了，花开自在，轮回统一，与世无争，那我的身心定会安妥许多罢。

自从开始创作自然笔记以来，母亲跟我和东莉的交流就广阔多了，也深入多了，每当谈及健康、生态、日常环保等话题，母子、婆媳之间竟颇有些志同道合之感。不过母亲还是有点为我担心，当她听我说起职称、文章、课题之类事，不免会劝我也别太实诚，关系该找就找找，毕竟社会就这个社会，古往今来都差不多。每逢这种时候，我便有些懊恼，不知该如何说明自己理想中的解放之道和自由之道，说明自己的不满和不安。我很希望有一天，自己能跟母亲也讲明白，希望母亲不但能听懂，而且能真正放心，就像我希望东莉的父母亲能听懂和放心东莉一样。

# 苦马豆

*Sphaerophysa salsula* (Pall.) DC.

　　沟渠边的苦马豆艳丽得给人一种不真实的感觉，鲜红如火的花朵，夸张膨大的果实，极尽招摇之能事。在河套地区，这种鲜艳夺目的植物并未因外形而受到人畜的欢迎。苦涩的叶片，牛羊不食；形似睾丸的果实，令人轻视。"羊赖赖""羊尿泡""羊卵泡"，都是人们对苦马豆充满嫌弃的称谓。当然，这些称谓也充分体现出人类的偏见。因此，用苦马豆来比喻人间形形色色的骗子，表面上看似乎有些道理，其实是又一次苦了苦马豆。

# 骗子

———

有时候我也奇怪，这世上，怎么会有这么多骗人的人？

九几年的时候，有人到村子里收购葵花，收上来后，再倒卖给外地人。来收购的人，在袋子里放个铁桶，铁桶里装进最次的葵花籽，再在铁桶外面装一圈好葵花籽，然后把铁桶拽出来，好的就把赖的盖在下面，看不出来了。外地人不知道，用买好葵花籽的价格买下，就上了当了。

后来，我搬来临河，又遇到过好多骗子。

2014 年 9 月 10 号早上，我去市医院前面的小广场锻炼，刚拐进就业街左边的一条小路，突然听见后面有个人跟上来。

钩子秤

收购的开着三轮车

九几年葵花抢收抢卖, 收购的人弄虚作假, 收的时候不管好赖, 收好就卖给大货摊子。

大货摊子装的时候, 麻袋里放个铁桶, 把筛下来的赖葵花籽装在铁桶里, 再把铁桶拽出来, 赖葵花籽就在中间, 别人看不出来, 这样就卖给外地的货主了。

麻袋里
放铁桶

铁磅秤

我扭头一看，是个男的，大致有三十多岁，走得挺快，脚步声也大。我以为他有急事，就靠边，把路让开。可他走着走着，好像又不着急了，一直跟在我后头。

我正寻思，又听见后面来了辆摩托车，从我身边经过的时候，摩托车上掉下来个东西。我瞟了一眼，是个小纸包，包里露出一百块钱。摩托车也没停，开走了。

我觉得有点儿不对劲，这包钱怎么正好掉在我眼皮底下？这是故意让我上当了哇！当时我有点害怕，就迈开大步，赶紧往前走。

刚走出几步路，就见后面那个人跑过去，把钱捡了。他好像害怕别人看见似的，往一个小巷子口走去。我站下离远瞭，又看见那辆摩托车不知从哪拐了出来，出现在巷子口附近，开得很慢，捡纸包那个人往摩托车跟前直走，然后上了车，两个人一起走了。

我心里骂，这两个骗人的东西！多亏我没捡那个纸包，要不，就被他们缠住了。

还有一天，我晚上在大儿子永强家里住，第二天早上往回走，又遇到个骗子。

当时我正在长春街的人行道上走，突然，路边扔过来一团东西，好像是卷起来的一只袜子。我只管走，没理会，就听见后面有个人"嘿"的一声，我扭头看，他把袜子翻开来，又"咦"的一声，袜子里露出钱来。

他看见我回头看他了，就把我缠上了，硬让我跟他去背地里分钱。我忽地一下明白了，这是个骗子哇。我说我没看见，他就说我看见了。

我说："钱是你捡的，这钱就该你得，我跟你分甚了？"

他说："钱你也看见了，我一个人拿了，心里过意不去。"

我心想，早知道就不扭头看了，这下可看出麻烦了。一路上，我走快，他也快；我走慢，他也慢。他推着个车子，就让我去背地里分钱了。

我实在没办法，也不敢往前走了。大清早，路口拐角有个卖油条的店正好开门了，我心想，进去躲一躲，要不然甩不掉。他看见店里人不少，就和我说："那你甚话也不要说。"

我说我不说，他骑上车子跑了。

还有一次，一天上午，我快走到建设路口了，迎面过来个年轻媳妇问我："阿姨，你知道不，这里有个看病的神官，住的地方咋找了？"

我说："不知道，没听说过。"

　　她说："我听说就在这一片了。有人给我说的，让我来了。"

　　我说："我不清楚。你去问其他人吧。"

　　再看她，哭了，哭得还挺伤心。她说，她家男人开车出车祸，撞死个八岁的男孩。最近，又出了一次车祸，又撞死一个人，他男人从此得了精神病。刚开始，男人说哭就哭，说笑就笑，现在连衣裳也不穿就往外跑。没办法，只好把他圈在家里了。

　　媳妇说："人家给我说，这个神官看病可灵了，我就来试一试。"

　　我还是说："我不知道，没听说有这么个人呀。"

　　就这样，我在前头走，她跟在后头，一边走，一边不停地说。

　　我们路过一个小铺门口，走出个男的来，说："我知道了，我知道了，就在这个小区里住。我认得了，我领你去。这个人专治疑难杂症，就是有点古怪，年轻人去了不给看，得有个老点儿的跟上才行了。你就叫这个阿姨跟你去。"

　　我说："我不能去，我还得回家看孩子了。"

　　正说着，从小巷里又出来一个男的。从小铺出来的那个男的就问："红哥，你这几天在哪了，咋不见你呀？"接着又问："你爷爷在家了不？"

　　小巷子里出来的男的说："在了。正在打坐，一会就完了。我带你们进去。"

　　我也不敢吭声，心里想，不好，这又遇上骗子了。正着急的时候，对面来了个骑车子的人，我见有人过来，胆子大了点儿，撒腿就跑。大约跑了有几十米远，回头一看，刚才几个男男女女连个人影也没有了，大概都溜走了。

　　我有点后怕，走路腿还软。心想，多亏那个骑车子的过来，要不那三个人把我身上的东西全抢了。后来，心里老是思谋那几个人，好几天也不敢出去，怕再碰上。

　　再有一次，是在家里。下午三点左右，听见有人敲门，我问："谁了？"他说："我。"开门一看，是个生人。

　　看见不认识，我就往起关门。他说："你不认得我了？我是你家小子的同学哇。我来过，你倒认不得了？"

　　我说："你来过？我咋一点印象也没有？"

　　他说："我来过，你忘了。"他说着就坐在沙发上了。

　　我又问："你们是初中同学？高中同学？"

　　他说："初中同学。"

　　我又问："那你在哪儿住的了？"

　　他说："在临河住的了。我刚从广州回来，你家小子知道我去广州，托我给你们捎了些药。"

　　我说："他没说给我们买药呀。家里也没有吃药的呀。"他说是膏药。

"家里也没人用膏药呀。"

"错不了，就是你儿子让给你们买的。我是这两天急着用钱，就送过来，顺便把药钱取上。"

我心想，又是个骗子，但不敢明说，就问："多少钱？"

他说："一盒三百块钱。"

我说："我这两天手头也没钱，我也没有退休金，花钱都是娃娃们给。你先放下，等我家小子来了，我让他给你送去。"

他说："不用了。我跟他说哇。"说完，拔起脚来就走。一出门，骑上车子就跑了，等我出门去瞭，连个鬼影也没了。

九月十日早上，临河气温大降
就业街上，两个骗人的家伙

我打电话跟儿子说起这件事，儿子说："现在的坏人可多了，以后不认识的人，不要给开门。"

我心里觉得挺不是滋味。世上还是好人多，坏人少哇。但是，坏人又不漆字挂牌子的，很难辨别，还是小心点好。我每次遇上坏人，都没上当，没破财，算是运气。

两人上了长春街往西走了。

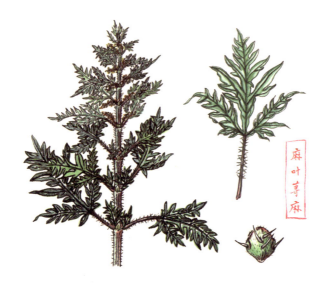

# 麻叶荨麻

*Urtica cannabina* L.

　　阴山脚下的荒草地里长着一种会"蜇"人的植物——麻叶荨麻。这种荨麻科的植物，茎干、叶柄，甚至果实外的花被片上都长有毒刺。毒刺一旦接触皮肤，刺毛尖端便断裂开来，释放出蚁酸，让人立即产生剧烈的灼痛感。人们对这种草总是敬而远之，一些人把它比作害人的蝎子，叫它"蝎子草"。事实上，麻叶荨麻如此作为，不过是为了让自己免受伤害。按理说，世上有难处的人更应该彼此善待、关爱才好，尤其是普通人。可惜，现实的情形常常相反，有难处的普通人往往会为难跟自己一样的人，这真是普通人的灾难。

# 邻居

——

2006 年，我们从刘召搬到了临河，住的是一栋旧楼，总共三层，两个单元十二户人家，前后没别的楼。买在这儿是为便宜了，装修过的房子，带上家具，总共八万五。

刘召的房子根本不值钱，我家一百多平方米的平房，才卖了一万四。当时临河的房子正涨价，好点的楼房少说也要十几万，一处带院子的平房，也得这个价。我那时手头只有一万五，其余的，都是娃娃们给添的。我住在一楼，带着个小院，还有一个小凉房，夏天我在院子里种些花花草草，招来不少蜜蜂和其他的一些小昆虫。政府给接上大暖①后，条件好多了，

———

① 指一个地方的集中供暖系统，与自己家里烧炉子供暖相对。

可是谁也想不到，正住得舒服了，又遇上了些灰邻居。

　　刚住进来时，这栋楼冬天还没有接上政府供的大暖，自己有个锅炉房烧火供暖，每年得选两个人出来管理，收钱、买煤、雇烧锅炉的，加上水费、电费，摊下来，比大暖贵一半还多。并且每天只能从早上六点烧到上午九点，然后从下午五点烧到晚上九点多。人家大暖每年 10 月 15 日开始供应，到第二年 4 月 15 日才停，我们楼到 3 月 20 日左右就停暖气了，有时还更早，说是没煤了，要烧就得再掏钱。管事的人每年换，有的人还抢着要管了，觉见有利可图。到 2013 年冬天，人们嫌不划算，就把暖气管掐断，自己在家里安火炉子，各烧各的。

　　本来，楼里还雇了个管卫生的，

每天中午到下午
有几十只蜜蜂

半枝莲

半枝莲发起蚜虫，
下了点雨，牵牛花上的蚜虫也
没了。一直到天冷了，牵牛花和
半枝莲才冻死了。
2014 年 10 月 31 日，9℃，小雨转

2014年8月11日. 14~27℃. 晴转小雨

牵牛花

蚜虫

蜀葵

在塑料桶里种的牵牛花和蜀葵. 蜀葵
正开花了, 让蚜虫咬蔫了, 花也不开了。

定期给清运一下垃圾，每户每年给他交十五块钱。烧锅炉的人，看见院子里脏得厉害，也会扫一扫。那时没有人养狗，楼下院子里还算干净。后来，有几户人家把房租出去，结果房东、房客都不交钱，就没人给清垃圾了。这种老式楼房，里面有个能从三楼、二楼往下丢垃圾的窟窿，底楼的窟窿口紧挨着楼门洞，窟窿里垃圾堵满了，人们就往窟窿外扔。烂衣服，烂鞋，烂袜子，塑料袋里装的擦屁股纸，都扔在那儿，野狗一刨，散了，风刮得到处跑。尤其夏天，西瓜皮，烂菜叶，吃方便面剩下的盒子和汤，整个垃圾堆沤得发臭，上面全是苍蝇。楼门洞的门是木头的，时间长了，烂得不好关，也没人关，一刮风，脏东西都刮进来了。

我家住一楼，受不了，我就去找环卫师傅，人家有时候愿意来给拉一拉，有时候不愿意，还得使劲给递好话。东户二楼住的大姐说，这栋楼的楼道从来没人打扫，她看见脏得厉害了，就扫一扫，楼里住的年轻人从来不扫不说，还到处扔。看见大姐扫，我也跟着扫。

2013 年，大姐去世了，她的房子也被租给别人。租房的那家人不爱惜东西，水龙头坏了也不修，把整个家给淹了，楼下也淹了，这家人最后被大姐的子女赶走。再后来，大姐的二闺女小董自己来住。小董刚搬来时，把楼道和院子打扫得可干净了，我印象中，从没人扫得这么干净过。可其他人照样乱丢垃圾，就像故意的，你扫得越干净，他丢得越厉害。最后，小董也不扫了。

2017 年，中共十九大会议开完后，听说国家给地方拨了好多款，让改造棚户、修路、补旧房。2018 年春天，临河区统一给我们这片的房子做了外墙保温。夏天，给接通了大暖，给每条小巷子铺了砖，放了垃圾桶，不让乱扔垃圾。工程结束时，工程队把院里的垃圾大致清了清，小董的丈夫小王从二楼下来，又仔细打扫了，我也跟着扫。东户三楼看见，也下来一起扫，扫下的垃圾，小王自己开上三轮车拉着倒了。我还说这下可好了，院子里总算干净啦。

没想到，磨人的事情转眼就来。楼上十二套房子，现在九户有人住，可这九户里头，就有三户养狗。我见大城市的人，狗出来屙尿，人跟在后头清理。这三家的狗，经常是被主人放出来自己屙尿，根本没人管顾。尤其是我们正上方三楼这家，到了时间，就把狗放出来屙尿。这条狗还怪了，经常往人家门上尿，人们找它主人，狗主人非但不认，还跟人吵架。狗不光往楼道里屙尿，往门上尿，还往楼道里放的车子轮胎上尿。

楼下院子本就窄小，才三米多宽，对着我家窗户的墙根，狗尿得颜色都变了，离窗户可近了。地上又是狗屎，脏得平时不敢开窗户。

2020 年新冠疫情的时候，街道通知让多通风，我们就写了几张纸贴在大门上，让养狗的人注意，碰见他们也跟说。结果越说对方越厉害，还嫌人说了。有一天上午我把门洗了，上了好多肥皂，门被擦得都发了白，还闻见呛人的尿骚味，结果下午又给尿上了。第二天也这样。第三天中午我心说，今天我躺一会儿就起来看着，要再来尿，就打那个孙子。结果躺下没多会儿，我不放心，就起来看，又已经给尿下了，门垫上的尿还没渗开。

我气得厉害，就去找街道办事处的人，看管不管。工作人员的态度挺好，立刻打电话给三楼的住户，说了他们半天。从办事处回来，我正在厨房捡菜，听见大女儿跟人吵起来了。我赶紧出来看，原来是三楼的说我大女儿打了他家狗，大女儿说没打，三楼的说打了。大女儿说，怕打你就不要让狗往我家门上尿，要再往上尿，我不光打，还往死弄它了。两人越吵越厉害，三楼的死不认账，明明是他们做下的事，硬要赖给西户人家。

　　实在没办法，我出去买了两张粘鼠贴，放在门口防狗。可这一来，进进出出就不方便，尤其来的人不知道，鞋底很容易被粘住，踩得家里到处是印子。

　　永林听说后，让我们报警，说在上海遇上这种事，他们早报警了。我们说，在这儿报警也没用。

# 世界低处的记忆和端详

吕永林

　　母亲写人，就像写地里的庄稼，滩上的走兽。其中一些，还跟我有交集。

　　金石匠给我看过病。小时候我常感冒，还动不动患重感冒，吃药不行，就打针。金石匠是队里的赤脚医生，人很诙谐，对小孩有耐心，打针不疼，天南地北的事情知道得也多，而且会玩，男女老少对他印象都挺好。看母亲写他，才知除去这些，金石匠还很有心计，有胆色，屡次跟人斗智斗勇。再就是，我们那个地方，一个人能对老婆孩子有情有义，用心用力守护，敢作敢当，也是极罕见的气象，这方面，金石匠可谓庶人楷模，民间好汉。这样的人，处内可使家人无惧，处外能让病人心安，岁月潦倒、时世艰难中，还能活得水花四溅，色彩斑斓，真令人刮目相看。

秦锁和海明则让人害怕。在我童年的感受中，这爷俩走到哪里，哪里就会长出黑暗的阴影。作为政治队长，秦锁对大人都很霸道，更不用说对小孩了，他是许多人的噩梦。海明是秦锁的小儿子，比我大几岁，同我年龄相仿的小孩，都不敢跟海明一起玩，生怕受他欺负。这对父子，一个是最基层的干部，是政治权力的末梢，一个是权力末梢的子嗣。后者在前者的娇

大集体那时候,春天男的走民工,耕地都是女人们,种蚕豆,犁前头耕,后面往里点豆子,休息下,女人们烧蚕豆吃,看见队长来了,赶快拿土埋起来,怕队长骂了。

纵和指使下，愈发恣意妄为，喜怒无常，最终，我念高中时，海明被一个外地来卖米的后生拿刀捅了，一命呜呼，半年后，那杀他的后生也搭上自己的一条命。许多年后，秦锁在喝喜酒时喝死，此人生前吃喝嫖赌，欺男混女，老时虽没死在自己家枕头上，却也没遭什么罪。

母亲笔下，秋婶太可怜。一辈子生了十个儿女，辛苦付出，结果老来老，还得自己背玉米秆回家喂牲口，她也因此一跤跌倒，再没起来。母亲把秋婶之死画得很美，秋婶背上的那捆玉米秆，闪烁着田园的秋光，可越是这样，越叫人觉得悲伤。秋婶一生善良、绵软，不仅常受秦锁等人的气，还要受儿孙的气，真是生无福报，死也不平。秋婶之苦和秋婶之死，是我们近在咫尺的痛，也是无数农村老年人的痛，是中国田园生活持久的痛。

比照起来，刘三洪的人生可谓离奇变幻，倘有高明的小说家来写，定能编织出令人震撼的故事。母亲只能简单地叙说，一个鼻涕邋遢的男童，身负血海深仇，十七岁时返乡复仇，杀了既是仇人又是亲人的三个爹爹家十八口人，随后隐姓埋名，跑到我们邻村庆生五队过活。在历史洪流的交替间，刘三洪把自己"隐埋"成一个深藏不露的人——于中华民国杀人，于社会

临河, 2015年
晴 -14~2℃ 1月22日
长寿花, 颜色玫瑰
红, 重瓣.

2015年1月8日 那天天
气特别好, 我就去花
店买了两盆长寿花.回来
大妮子拿了一盆, 我留
了一盆养着, 可这两天叶
子不那么绿了, 大花
苞开花了, 小花苞全蔫了.

主义新中国做社员。母亲1947年出生，十多岁时见了刘三洪，喊他大爷，谁能想到，这个过着寻常日子的刘大爷曾摊过大事，会有非同寻常的历史底细。刘三洪报仇逃跑后，老家的人一直在找他，最后还是找着了。于是，我们全大队召开斗争大会，然后由警察将刘三洪带走。可人们咋也想不到，六个月后，刘三洪被放了出来，而且成了英雄，说是公安局调查出他三个爹爹都是地主，属于该杀之人，于是各个大队又让刘三洪上学校去，给娃娃们讲他的英雄故事，同时让大家忆苦思甜，向刘三洪学习。改革开放后，在新的历史追究未至之前，刘三洪老死，得个善终。

所有人当中，王同春的人生格局最阔大，但在母亲这里，其故事已属隔代传说，或是历史记录。但毕竟，这位"后套河神"生前带领众人开渠，大搞地方水利建设，彻底改写了内蒙古河套人的地理环境和生存条件，成了一个绕不开的存在。他带头开的渠，大大小小，曲曲绕绕，年年把黄河水引到我们地里，就连我，小时候都是吃着这水长大的。母亲画王同春站在黄河边观察地形，手里拄着铁锹，思谋从哪开渠口，眼前，横一条无边无涯的黄河水，似乎一下子给此人赋予了某种德行。这是母亲写的唯一一个"大人物"，一个有生意头脑，有政治眼光，跟黑白两道皆通往来，既心狠手辣，又赈过灾接济过难民的"大人物"。

当然，不管"大人物"还是"小人物"，每个人都生活在鸡毛蒜皮和历史大势之内。只是对普通人而言，每日里最贴身的人和事，多属寻常——邻居在门前纵狗撒尿，马路上遇到骗子，至亲远离，多年未见的老友忽来探望，曾经的革命情谊在新时代架接，阳台上的长寿花开了……

正是这些，构成了母亲的平民生态和平民记忆。其中，恶的黑影不时闪现，让人苦恼，但所幸，美好与良善亦常在，并昭示新的生机。

如今，它们仍随时间不住向前。

后
记

# 我的婆婆徒弟

芮东莉

　　秀英奶奶和我的关系有点复杂，她既是我婆婆，也是我徒弟。

　　如今徒弟又要出新书，师傅当然要写点什么以表庆贺。可捉起笔来，却颇感犹豫。尽管婆婆自认是我徒弟，但这几年，她已铆足干劲儿，大有超越师傅的势头。

　　倒退二十三年，秀英奶奶还远不是我的徒弟，但她做事情的劲头儿和现在没什么两样。1998 年，永林第一次带我回家，年轻人正值热恋中，白天黑夜黏在一起。秀英奶奶看在眼里，急在心头，随后雷厉风行，展开了一系列紧锣密鼓的操作。先是单独找永林谈话，教育他要珍惜人家闺女；接着，在问明我们的态度之后，立马叫我们去拍结婚证件照。没有喜服？那有什么要紧，借件红毛衣，脖子上一套就是了。没时间领证？也问题不大。当我和永林都在各自学校读书时，婆婆让姐夫托朋友，拿上我俩照片，直接把结婚证给办了回来。接到永林电话的刹那，我颇感震惊，这可真是本人不在场的被"结婚"！当我把这个消息汇报给家人时，我妈着实吃惊，养了二十多年的闺女，竟然糊里糊涂就被"嫁"掉了！放假回来，捧着印有蒙汉双语文字的结婚证，不知是喜是恼，上面，有些信息居然是错的：我的生日，4月1日，愚人节；永林的生日，5月1日，劳动节。好嘛，愚人节嫁给了劳动节！

原以为这么个"霸道"婆婆，后面会比较难处，结果却大出我的意料。原来，婆婆尽管聪明睿智，做事爽利，但性格却无比谦和，如若别人有不同意见，她宁可放弃自己的想法，甚至是切身利益。我现在仍在庆幸，二十三年前，"乖巧"的自己没为领证的事儿提出任何异议，否则按婆婆的性格，她完全会听从我的决定。如若我在人生的种种境遇中决策失误，我可能失去的将不只是一个好丈夫，还有一个好婆婆和好徒弟。

虽说如此，但自古婆媳是"冤家"。婆婆在没成为我的徒弟以前，日常生活中，我俩一样是种种"不对付"。

婆婆只念过一年半的小学，想必当年乡村语文老师是操着极浓重的方言教学的"a、o、e"，因此，自迈入婆婆家门的那一刻起，我就为听不懂她的方言而苦恼。然而苦恼却远不止于此，我很快发现，婆婆是个挺絮叨的人。假期回家刚坐下，还没等喘口气儿，婆婆就拉个小板凳坐到旁边，一边抹眼泪，一边絮叨个没完。我顾盼四周，红梅姐表情凝重，偶尔陪着掉几滴眼泪；红侠姐紧皱眉头，劝阻她不要再讲下去；永强哥微微一笑，打趣她又翻出了陈年旧账；永林神色复杂，继续去翻手头的书页。就我最惨，完全不知道她在念叨什么，只好忽而假装同情，忽而假装悲伤，百般无奈地陪着她。后来，听永林讲，婆婆每次讲述的内容都差不多，翻来覆去，尽是过去的苦难。

吃不惯，也令我们婆媳彼此头痛。婆婆祖上是走西口的山西人，顿顿面点，餐餐有醋。婆婆家还特爱吃酸粥，酸粥本就酸，偏偏还用酸菜来下饭，酸味从牙缝一直渗到骨头里。每次听说要吃酸粥，我胃里就开始翻涌，碗端在手里，怎么也下不了口。婆婆嘲笑说："嘿，南蛮子！"后来，有那么一阵子，家里人都用"南蛮子"来打趣我。等婆婆到上海与我们小住，我烹饪了满桌虾蟹款待她，结果，刚坐下，婆婆又是摇头又是皱眉："圪抓蚂也①，哪能吃了！"原来，北方地区虾蟹少见，这些动物的脚爪众多，看上去和蚰蜒一类的虫子差不多，婆婆见了怕还来不及，甭说吃了。

在处事待人方面，我俩有时更是水火不同炉。婆婆迷信，生平最恨上吊自杀的人。她说，上吊是最缺德的死法，因为死了的人会变吊死鬼，三年内要回到原来居住的地方，把活人抓走。我听着，一边身上起着鸡皮疙瘩，一边努力从心理、社会角度解释人自杀的原因。当然喽，解释也是白解释，婆婆才不会听呢。而我这人，快人快语，好管闲事，走到街上，遇到乱丢垃圾或破坏公物的人，总忍不住说上几句，婆婆就赶紧拉拉我的衣服，让我闭嘴。我埋怨道："怕什么？"婆婆絮叨道："别管，别管。人恶起来，比鬼还厉害！"

尽管这些小事构不成我们婆媳间的根本矛盾，但日复一日，每天面对一个与自己不在"同频道"的人，仍是一件十分辛苦的事儿。真正的转机发生于 2011 年。那时，公公已故去两年，婆婆一个人更显孤单，我和永林打起了小算盘，与其让婆婆的

————————

① 方言，指肢脚多而乱动的样子，也可以用来形容人手脚乱抓挠的样子。

生命之舟搁浅在苦闷的回忆中，让大家在日常生活中彼此消耗，不如给她找点有意思的事做，好让她的世界萌发新的生机和色彩。

于是从这一年开始，我在上海，正式收婆婆为徒，教学的起点，便是一起亲近自然和创作"自然笔记"。不曾想，婆婆竟因此开始写书、出书了。在婆婆的第一本书《胡麻的天空》里，我写了篇后记，详细回顾了我们师徒间教学的故事，里面讲到婆婆是如何从识字无多，到能写能画，再到能用电脑打字、发博客这样一个艰苦而华丽的蜕变过程。这个听上去颇为励志的故事，既源于我们的一次"创造父母"的大胆尝试，更源于婆婆骨子里那股坚韧顽强的劲头儿。如果大家能亲临婆婆创作的现场，目睹一位鬓发斑白的老人，左手执笔画画，右手执笔写字，双手开弓的架势，就更加不会怀疑她的执着和毅力。一个天生的左撇子，十几岁时，在一年半的读书生涯中，按照老师的要求，硬是逼迫自己习惯了用右手写字，并将这短时间内习得的能力记忆了几十年，直到她六十多岁再次拿起笔来书写人生。

从 2015 年《胡麻的天空》出版到现在，六年过去了。尽管这些年里，婆婆没有新书问世，但她的每一次成长和进步，我和永林都看在眼里，记在心上。婆婆喜静不喜动，加之方音又重，长期以来，她有意无意地给自己框定了一个狭小的交际圈子。这个圈子里，是数得清的人，量得出的疆界。然而，随着《胡麻的天空》一书出版，她的这个"小天地"一下子被撑开了。当听说自己要去北京参加"爱故乡十大年度人物"颁奖大会，并作分享交流，婆婆把手摇得像个钟摆。后来，去深圳为"三代人的自然笔记"活动做演讲，也是如此。徒弟想退缩，师傅可不答应。接下来，我和永林为婆婆量身打造了一系列的"能力养成课"，课程内容包括普通话培训、PPT放映、演讲练习，等等。对于一位七旬老人来说，这种培训的强度不啻"魔鬼训练"。永林心疼极了，他请婆婆自己拿主意，是去还是放弃。"去！牛头不烂，多废两炉柴炭。我想好了，咱们明天接着练。"后来，婆婆在北京结识了许多新朋友，深圳的演讲，也获得了现场听众热烈的掌声。

自打搬进城里住，婆婆时常回乡探亲。以前去乡下，婆婆总是和亲戚们坐下"咬难（闲谈）"，生活的艰辛仿佛一辈子都讲说不完。然而，自从婆婆开始创作以来，再去乡下，除了探亲，她还会告诉我们，这次去又见到了什么新鲜事物。接着，在她的作品里和拍回来的照片里，我们就看到了二舅家的瓜秧、五姨家渠陂上的蛇，还有二姐家新生的羔羊和牛犊。婆婆前行在乡间小路上的身影，俨然有了采风人的神采！

最近，婆婆独自骑车去了二黄河，回来后向我们讲述种种见闻和感慨，她已经开始习惯用一种新的视角，来打量自己的世界和生活。而且，每次回乡，她还不忘收集一些自然物，比如废弃的胡蜂巢、漂亮的死天牛，那都是"孝敬"师傅最好的礼物。

　　回溯婆婆的"创作"史，《胡麻的天空》里那些动植物的故事远非她"记录"的最早题材。远在十多年前，永林意图为婆婆寻找到一种新的倾诉方式，于是鼓励婆婆用错字、别字，甚至是"火星文"写回忆录。蛮长一段时间，熹微的晨光中，静谧的午后，小桌后的婆婆，貌似安然恬静，却正将她满腔的烈焰与怒涛宣泄于笔端。如今，那一沓沓泛黄的"回忆录"依然保存在我们书橱里，婆婆自己回看当年"诉苦运动"的成果，也不免"失笑"。六七年前，当婆婆正式开始书稿创作时，我这个师傅，着实忌惮于她"诉状"式的人物写作手法，不得已，让她暂且放下了人物故事的创作，而改为书写身边的动植物故事。现在，几年过去，婆婆从第一本书的创作过程中，积累了不少写作经验，也摸索出了一些写人记事的方法，我和永林也终于放下心来，让她着手去创作自己念叨最多的生活记忆和现实，去抒发自己内心最真实、最强烈的情感。

　　在婆婆这本新书《世上的果子，世上的人》的创作过程中，她、我和永林三人组成的家庭写作工坊可是派上了大用场。永林在大学里教创意写作，最先想到动用写作工坊这个办法。为了提高婆婆的语言表达能力，我们每次逛公园，都会开展三人创意表达小练习。翻开我们的《家庭写作工坊》记录本，从 2019 年"春季第一练"开始，婆婆写出了许多生动的语句："珍珠绣线菊的枝条，像蛇一样摆动，摇晃。""麻雀落在树上，树是它们的娱乐场所。"这些看似简单的练习，为婆婆继续提高自己的文字表达能力打下了良好基础。

　　在婆婆创作"我的四妹妹"这一篇时，我们的家庭写作工坊经常在晚饭后召开讨论会。四姨是一位极具悲剧色彩的人物，婆婆每次忆起她，总不免悲伤。我和永林很担心婆婆会将这种情绪带入写作，从而再次走上一味"诉苦"的老路，于是晚饭后，我们便要求婆婆把白天写好的内容拿出来讨论。如何写出四姨的温婉性情和美好，如何抓住造成她悲剧命运的原因，等等，在近一个月的反复讨论中，婆婆是写了改，改了写，最终才完成了定稿。2019 年秋天，婆婆回到了内蒙古，远隔千里，家庭写作工坊的视频会议却从未间断。"邬生生""我的知青朋友"等篇，就是我们通过与婆婆视频聊天，慢慢带出来的一些原本不在写作计划中的内容，有了这些人物故事的加入，《世上的果子，世上的人》才更加广阔、温暖。

　　在《世上的果子，世上的人》中，植物不再是全书的主角，而只是一个个小小的引子，所引出的，是婆婆身边那些或沉或浮，或消亡或仍在继续的人生故事。"活生生的一个人，就那么没有了。像果子化在土里，静悄悄的，没有一点儿声音。"以前，听婆婆坐在小板凳上絮叨四姨们的命运，我苦恼且厌烦，如今，读着她的文字和图画，我却像上瘾一般，特别想走近那些逝去了的美好生命，想寻回那些失散多年的亲人，还有那些在苦难的日子里给予婆婆温暖的好心人。

　　在《世上的果子，世上的人》中，婆婆的手绘作品依然叫人侧目和赞叹，这也是她特别用心的一种讲述方式。比如，她不仅将姥爷的容颜、样貌、动作画了出来，还画了姥爷生前种的一棵树，画了她和永林几十年后在树下的眺望与思念，把这些画勾连起来看，个中滋味，实在复杂而绵长。再比如，婆婆画了许多种劳动的场景，其中包括一些集体劳作的场面，这时，她最常用的色调是黄色与褐色。在她笔下，这是泥土的颜色，沟渠的颜色，是房子、墙和劳动工具的颜色，是内蒙古河套平原上大地的颜色，甚至，它们也成了这片土地上的人、花朵和果实的颜色。希望读者们能好好留意这些色彩和心思。

　　书里"世上的果子"这部分，有二十种河套地区的乡土植物手绘图片。我们希望，用手绘方式艺术再现植物的本真模

# 沙漠里的干尸

口里奇
怪的浆
状物，
粘满了
沙粒.

鳃金龟
身长2cm.

步甲？
身长1.4cm.

步甲
身长1.4cm.

步甲
身长1.3cm.

胡蜂
长约1.5cm.

三趾跳鼠
尾长约16c
根据图鉴

猫捉跳鼠
留在沙上的
脚印.(?)

蓝刺头，
花球直径
约7cm，长
在索道边。

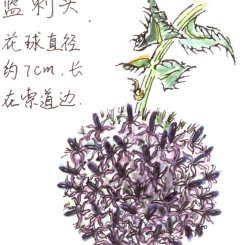

沙坡潮湿的地
方，还有许多的绿
色植物。

2013年7月26日，阴，30℃左右
内蒙古鄂尔多斯响沙湾
与家人一起踏上发现之旅
我想，夜间的沙漠没有人类
的干扰，一定是另一样的世界

被车压烂
的跳鼠尸体

步甲拖拖拉拉的脚印

宠物狗的脚印

·东莉绘制的
"沙漠里的干尸"自然笔记·

样，能够帮助读者朋友更好地了解这方水土。原本，我们是建议婆婆自己手绘的，遗憾的是，婆婆已七旬有余，眼力大不如前，观察这些植物的细微结构已非她能力所及。因此，作为师傅，为了帮助徒弟完成这部作品，我欣然出手。好在前些年，婆婆带我在河套地区的平原和山野游逛，我给当地许多植物做过自然笔记，现在画起来也算得心应手。当然，如果图稿里有什么差错，那绝对是我的问题，和我的婆婆徒弟没任何相干。

在画植物形象的时候，我时常在想，每种植物都有对应的人物，那该用哪种乡土植物来对应我的这位徒弟呢？《胡麻的天空》里讲到的胡麻，用它来对应婆婆，固然很贴切，但我也常常忆起鄂尔多斯沙地上的蓝刺头。那挺拔倔强的植物，不开花则已，一朝绽放，就吐露出照耀大地的绝美幽蓝。当花开罢，平淡无奇的小瘦果随风散落，悄无声息，静卧于沙土之中，蓄势待发。生命的再次绽放，许是来年，许是更久远的某一天，然而只要给予它条件，酝酿成熟的种子便又将萌发，用点点幽蓝照亮大地。

2021 年 8 月

## 图书在版编目（CIP）数据

世上的果子，世上的人 / 秀英奶奶，吕永林绘著. 一桂林：
广西师范大学出版社，2022.9（2023.10 重印）
ISBN 978 - 7 - 5598 - 5329 - 5

Ⅰ.①世… Ⅱ.①秀… ②吕… Ⅲ.①散文集－中国－
当代 Ⅳ.①I267

中国版本图书馆 CIP 数据核字（2022）第 158474 号

世上的果子，世上的人
SHISHANG DE GUOZI, SHISHANG DE REN

出 品 人：刘广汉            策划编辑：尹晓冬
责任编辑：刘 玮             助理编辑：钟雨晴
装帧设计：李婷婷            营销编辑：姚春苗

广西师范大学出版社出版发行

（广西桂林市五里店路 9 号            邮政编码：541004）
 网址：http://www.bbtpress.com

出版人：黄轩庄
全国新华书店经销
销售热线：021 - 65200318    021 - 31260822 - 898
上海丽佳制版印刷有限公司印刷
（上海市桂平路 471 号 10 号楼 3 层    邮政编码：200233）
开本：787 mm×1 168 mm    1/32
印张：12                    字数：88 千字
2022 年 9 月第 1 版        2023 年 10 月第 2 次印刷
定价：78.00 元

如发现印装质量问题，影响阅读，请与出版社发行部门联系调换。